花峡文化

不畏死生

一个奶爸的抗癌笔记

时秋 著

知识产权出版社
全国百佳图书出版单位
——北京——

图书在版编目（CIP）数据

不畏死生：一个奶爸的抗癌笔记/时秋著 . -- 北京：知识产权出版社，2021.1
ISBN 978-7-5130-7050-8

Ⅰ．①不… Ⅱ．①时… Ⅲ．①随笔-作品集-中国-当代 Ⅳ．① I267.1

中国版本图书馆 CIP 数据核字（2020）第 124649 号

责任编辑：龚　卫　　　　　责任印制：刘译文
封面设计：博华创意·张　冀

不畏死生——一个奶爸的抗癌笔记
BUWEI SISHENG——YIGE NAIBA DE KANGAI BIJI

时秋　著

出版发行	知识产权出版社 有限责任公司	网　　址	http://www.ipph.cn
电　　话	010-82004826		http://www.laichushu.com
社　　址	北京市海淀区气象路50号院	邮　　编	100081
责编电话	010-82000860转8120	责编邮箱	laichushu@cnipr.com
发行电话	010-82000860转8101	发行传真	010-82000893
印　　刷	三河市国英印务有限公司	经　　销	各大网上书店、新华书店及相关书店
开　　本	880mm×1230mm　1/32	印　　张	6.5
版　　次	2021年1月第1版	印　　次	2021年1月第1次印刷
字　　数	133千字	定　　价	48.00元
ISBN 978-7-5130-7050-8			

出版权专有　侵权必究
如有印装质量问题，本社负责调换。

目　录

自　序 1
引　言 9

第一章　与死神擦肩而过 /15

1　一场冥冥之中安排的体检（你若善良，必有福报）................15
2　死神悄悄地来，不留下一点声响 21
3　左肾占位是个什么东西 23
4　时间不是金钱而是生命 25
5　治疗方案如何选择 26
6　手术前的谈话 28
7　术　　后 29
8　术后趣谈 35

第二章　家　书 /39

1. 写给爸爸妈妈的一封信 ... 39
2. 写给爱人的一封信 ... 41
3. 写给俊希的家书（一）... 44
4. 写给俊希的家书（二）... 51
5. 写给俊希的信（三）... 60
6. 写给俊希的信（四）... 69

第三章　跟病友们唠唠嗑 /73

1. 给病友的一封信 ... 73
2. 做一个聪明的病人 ... 88
3. 康复之路面面观 ... 91
4. 改变错误认识从基础知识开始 ... 93
5. 不打无准备之战 ... 95
6. 要不要相信中医，如何利用好中医 ... 98
7. 如何进行术后的检查以及随访 ... 112
8. 日本游记 ... 114
9. 与心理咨询师面对面 ... 126
10. 癌症基础课堂 ... 135

第四章　跟家属们聊聊患病后的那些事 /139

1. 写给家属的第一封信 139
2. 写给家属的第二封信 141
3. 写给家属的第三封信 145
4. 写给家属的第四封信 148

第五章　写给正在奋斗中的我们 /161

1. 给年轻朋友们的一封信 161
2. 再谈谈健康理念 170
3. 写给正在奋斗的我们 176
4. 与保险经纪师面对面 181

第六章　插画师说 /195

后　　记 197

自 序

在患病之前，对癌症的认识，我从内心而言是抗拒的，总感觉这是一件很晦气的事，因为此前我对癌症的了解仅仅局限于这是一种绝症，一旦患病就会死人。我想当下很多国人跟我一样，对癌症知之甚少，这一方面是受到传统上那种典型的讳疾忌医心理的影响，另一方面是我们从来不会想到自己或者身边的人会得癌症，总觉得那是老年人才会得的病。既然是很遥远的事情，则事不关己高高挂起。

然而就是这中彩票一般的概率事件却真实地落在我自己头上，当我真的患病后，才发现原来自己对这种疾病是那么无知。我们不了解癌症，因此当癌症真的到来时，我们仅剩的只有恐惧、委屈、愤怒……曾经的我觉得自己足够坚强，虽谈不上视死如归，但也曾冷静地面对过各种挫折与挑战。只是当突如其来的厄运降临到自己身上时，当死神真的突然来临时，我

不畏死生
——一个奶爸的抗癌笔记

曾经自豪的理性以及坚强，顷刻间都化为乌有。我第一次感觉到自己距离死亡是这么的近，那种恐惧感是如此真实，就在那一刻，我切身感受到了一个身患癌症的人是多么恐惧和绝望。

三十岁刚刚出头，我还没来得及去体味这个多彩的世界与人生。难道我就要平静地接受命运如此残酷的安排吗？难道我就要如某些影视作品中身患绝症的人一样，痛苦地死去吗？

记得在手术之前，漂亮的护士妹妹把手术服留在床边，"自己换好衣服吧！"她温柔地说道。明明听到了她的命令，我却愣在那里，然后缓缓地拿起手机拍了镜子里的自己。近两年的健身已经能在体型上看出效果。马上就要进手术室了，我还是没法相信自己得了癌症！

然而诊断报告就在身边。我只能默默地把衣服换好，然后转身利落地上了手术用的病床。仅仅这一瞬间，我便从充满着青春气息的年轻人变成了一个身患绝症的患者。

对未来充满无限期待的自己，看看身边渐渐老去等待我去赡养的父母，看看身边年轻漂亮的妻子和不满六个月的幼子，还有身边一众的好友，再想想自己多年来规划的未来的生活，突然内心五味杂陈，难道一切真的都结束了吗？我就这样放弃了？可是，我还恋着这个虽不完美的世界，我答应了我的幼子俊希要带他一起好好看看这个世界！我要考虑的可不是怎样去接受死亡，而是我怎样才能活下来，而且要活得更明白，活得更好！

自 序

在跟疾病斗争的这段日子里，我发现我们对于癌症的了解还是太少了。我们甚至都不知道当一个人突然面对死亡时，产生恐惧、愤怒、怀疑等情绪都是正常的。当然除了面对生死必然产生的恐惧之外，我们更多的是由于对疾病的无知导致的恐惧，癌症真的就是绝症吗？我们是否能与癌细胞共存？这些在西方发达国家已经进行过普遍宣传的理念，在当下的中国依然还是我们大多数人的盲区。我们的健康宣传还有很多死角。如果我们连自己所患的疾病都不了解，也就谈不上根据自己的病情进行理性的判断。我们该如何自救呢？！

除却对疾病的无知导致我们过度的恐惧以及绝望外，过度医疗在当下也依然是个比较大的问题。在两年多的抗癌时间里，我见过很多的病友以及抗癌明星，其中共性的一点就是大家都对医生的诊断以及治疗有着自己的判断。也就是说，在癌症治疗过程中，患者以及家属自身也要有一定的认知和判断能力，比如凌志军大哥、比如杰人天相等。他们在自己的治疗以及康复中从全局考虑，有的没有选择医生坚持的开颅手术，有的没有选用伤敌一千自损八百的化疗。他们根据收集到的足够信息，在家人的帮助下选择了正确的治疗方案。两年多来，我看过很多的相关书籍以及新闻报道。数据告诉我们，与发达国家相比，我们国家的癌症患者存活率更低，生存期更短。我们的经济以及医疗水平（至少是医疗器械的标准）已经跟发达国家相差不多，那么这些生存率的差距来源于哪里呢？！

自　序

　　根据我自己的总结，原因更可能是我们对癌症的认识存在根本性的误解。这种误解让我们无法对疾病以及自己的情况作出准确的判断，我们只能盲从所谓标准化的治疗，而无法根据自身情况进行调整。还有我们本就压力巨大的医疗体系，也是导致我们癌症治疗效果较差的一个原因。换句话说，很多病友的病情是被自己的恐惧以及不适合自己的治疗方式耽误了。我们身患重病已经很不幸了，如果我们连最后的生存希望都要错过，岂不是不幸中的再不幸？

　　这里所讲到的因为无知而引发的恐惧与绝望不仅仅是针对我们（病人）自己，我们（病人）的家人也都被笼罩在死亡的阴影之下。他们都被焦虑以及绝望的情绪围绕着。在我患病康复期间，我的岳母还曾经告诉我癌症治疗最后都是人财两空。现在想来，这些话让我既心酸又觉得可笑。可能是由于我的恢复比较好，她忘记了我也是个癌症患者了。而我自身恢复的经历以及与病友们沟通交流的一致看法是，一个乐观向上的家庭与一个悲观丧气的家庭对病情的影响是截然不同的。如果一个癌症家庭，整天被一种恐怖、奇怪的氛围笼罩着，每个人都紧张、压抑、不敢与病人交流，对病情躲躲闪闪，病人会很容易被这样营造出来的绝望环境搞得心神不宁。但是如果是一个乐观的家庭，他们肯定也会紧张、会痛苦，然而他们更懂得正面地面对问题、解决问题，从而勇敢地面对病情，正确地选择治疗。他们会用自己的智慧、幽默感营造笑声，用笑声来化解病人的紧张与不安，避免因癌症的恐惧而盲目应对！

　　让人欣喜的是，在我康复的这两年多时间里，癌症治疗技术已经有了里程碑式的进展。记得当时我给自己打气，只要多活一年，癌症治愈的可能性就会增加一倍。现在看来确实是这样，而且不仅仅是一倍。但是我遇到的一些患者以及家属依然走在中国式抗癌的老路上。所以我觉得我有必要将自己的故事讲给大家听。一方面以一个病友的身份向大家讲述也许更为科学与理性的抗癌经历，另一方面我也希望通过我的讲述告诉我的儿子在自己年轻的父亲身上发生的故事以及我对儿子未来的期待。我更想把我的经历讲给身边众多的被生活压力围绕的年轻人听，希望他们能够通过我的书对自己的人生进行一次更为深入的思考，找出可能导致自己患病的隐患。发现它，改正它，或者控制它，最终能让大家明白什么才是我们人生中最重要的。对于患者我们需要向死而生的态度，而对于本就健康的大家来说，活得更有意义也是收获！

　　在我康复期间，我读了很多关于癌症疾病的书籍，这一度让家人非常担心。家人担忧我心理压力过大。我那有点粗线条的老爸曾对我说过："整天看这些吓死人的书对你有啥好处？"后来我告诉大家，这些书让我更安心，他们才放心让我继续读下去。这些书籍对我了解疾病以及治疗、康复起了很大的作用。我也曾想过，既然有这么多人已经创作过这类书，我是否有必要再重复？其实仔细想来，我要写的书并不是对这些书的总结，因为首先每个人的病情不同，创作的重点也不同，而我也想将本书的重点放到对癌症的正确认识以及我患病后的思考上。如果有读者通过本书能有所感悟，对病人的治疗、康复起到一定的作用，对健康的年轻朋友起到一定的警示以及提示作用，我觉得本书就是有价值的。当然由于本人水平有限，本书无法像几位抗癌明星的作品一样精彩，需要读者朋友本着更加宽容与理解的态度来阅读，我也希望能有机会跟更多的朋友去沟通、交流关于人生的更多问题，期待着你们的建议。

再次感谢您抽出宝贵的时间阅读本书，愿健康与快乐常伴您左右。

时秋

2020 年 1 月 29 日夜

引 言

从 2017 年被查出罹患癌症，到今天已经过去了两年多。在罹患癌症之前，我像身边所有的普通人一样，按部就班地经历了自己平凡的人生，学习、工作、生活，平凡如斯。但是因为这一场疾病，我平淡的生活突然掀起了些许波澜。一直有过自己要写一本书的冲动，但从没想过自己竟然会写出这样一本书，也从未想过自己要跟读者们分享自己人生的感悟。因为毕竟自己太过于渺小了，不像很多成功人士有着令人羡慕的经历和人生。

患病之初，我曾读过市面上几乎所有涉及癌症康复或者与癌症相关的励志类、康养类的书籍，其中如李开复的《向死而生》、于娟的《此生未完成》、凌志军的《重生手记》、杰人天相的《我与癌症这九年》。这些书对我认识自己所患的疾病，对我正确对待自己患病的事实，以及如何应对都起到了很大的作用。但是此类书籍也给我留下些许遗憾。如李开复、凌志军等老师，他们的经济状况较好，在患病后能得到超乎常人的治疗，这是很多如我一类的普通人无法比拟的。又有几位作者病情较重，书中的内容稍显沉重，而随着医疗、诊断技术的不断进步，越来越多的年轻人患病，越来越多的病人处于疾病的早期，而我的情况可能在病友中有一定的代表性。此外，大多数的书只是关注病人本身，对病人家属以及众多的身负各种压力的年轻人、中年人都没有足够的警示，而我正想通过本书传达给大家这样的信息。

　　从患病到现在已经两年半，这段时间里我脑海中却是时时刻刻想着要完成这样一本书。之所以前面一直没有动笔，一方面，因为我不知道我走过的道路是否正确。如果我的情况没有因为我的改变而好转，我想我的建议也没有任何的参考意义。两年多我虽然历经坎坷，但是总体情况一直是在好转的。身体已经逐步恢复，现在我已经可以跟正常人一样生活，一样工作。

　　这场病让我对生活、工作、身边的各种事情有了新的感悟。可以说现在是我近十年里活得最开心的日子，所以我愿意跟大家分享。另一方面，这几年身边的亲人、朋友发生了很多意外。在我看来，如果我能早一点把一些理念、一些看法传递给大家，也许很多事情就会避免，我甚至开始自责为什么没有早点跟他们讲讲我的故事？！所以我不能等到所有的条件都具备再开始。启动写作迫在眉睫，如果有问题我想我可以在以后的日子里，慢慢完善。

引 言

　　因为我平凡，所以我与大家一样，也许更具有代表性。写作之初，我回想起这两年身边已有很多人正在经历或者已经经历过与我一样的事情。有的是病友，有的是病友家属，有的是身边的普通同事。有人确诊患病，有人仅仅是怀疑患病，有人不幸罹患癌症，有人万幸虚惊一场，而我本人虽然无法明确告知他们我自己的经历，但我用我的方式，把我自己认识疾病，了解疾病以及应对疾病的经验、教训传达给大家，而每每反馈给我的都是正面的。

　　曾有一位领导的母亲罹患肺癌，我用我两年多积累的一点经验跟她分享关于疾病以及治疗的一些信息、理念，同时交流作为家属应该注意的事情，以致后来她每天都要找我聊一会儿从而缓解压力。（她不知道，其实每次跟她交流病情，我依然会出一身冷汗，过去的经历对我来说阴影始终存在，而她并不知道在她面前的其实就是一位癌症患者，也许正是因为我曾经经历过，所以很多建议对她是有帮助的。）她曾经告诉我，每次跟我交谈都感觉很温馨，很踏实，感觉找到了方向。而我每每用自己的经历来宽慰压力极大的年轻人或者好友，用自己的故事告诉他们什么才是自己应该珍视的东西，而每次大家都认为受益匪浅。

　　虽然我不幸在三十岁便罹患重病，但如果能以我自己的经历，我的经验、教训给身边好友、朋友甚至陌生人以警示，哪怕只有十个人从这本书中有所收获，有所警醒，避免走我的老路，我觉得也是值得的。所以如果您在本书中有那么一点收获请告诉我，让我能更多地体会分享带来的喜悦！

  我特别想感谢我的小姨。她作为一名为医护工作奋斗一生的白衣天使，在我治疗以及康复期间，用自己的专业以及细心一直照顾着我的身体以及敏感的精神，也让我能够顺利地通过各种考验，从而可以像正常人一样在这里完成这本书的写作。我要感谢在我生病以及康复期间守护在我身边的亲人、朋友，是你们让我感知到自己存在的价值，让我有勇气、有信心去面对生死考验。我还要感谢我的幼子俊希，是你激发了爸爸最原始的求生欲望，每每在脑海中想到你可爱的模样，我就默默地告诉自己：我不能输，我要活下来。因此爸爸想要跟你说一声：谢谢宝贝！

  我不想感谢这场差点要了我性命的疾病，是它开启了我新的人生。它让我明白什么才是我一生中应该追求的，什么才是我一生中该珍视的。因此只要我还有精力，我还是会投入到自己的工作中，尽可能地让自己活得更精彩。但是面对过生死，我不再如过往般肤浅。我知道我应该怎么把自己平凡的生命过得更圆满。

  这本书的创作过程更是一次对我个人的洗礼。两年多后，我的很多为治疗疾病养成的习惯开始动摇，可以说我有点飘了，忘记了当时面临生死的刻骨铭心。因此这本书的创作是我思考以及重新反思的很好的方式，讲给大家听的同时，也在提醒自己，请对自己负责！

关于本书的创作在脑海里已经计划了许久，从2017年7月生病至今已经过去了两年半的时间。两年多来，我经历了生病后的茫然与恐惧、治疗期的绝望与失落、恢复期的反思与悔恨，再到现在理性地看待过往经历的一切。可以说，是这场重病让我重新审视了自己的人生，重新审视了自己，重新审视了身边的亲情、爱情和友情。

把这本书写完是2020年新年许下的新年愿望，为了让自己刚刚养成的执行力落实下去，我还是要把这两年多的故事讲完、讲好。一方面，我觉得作为一个普通得不能再普通的"80后"，我生病以及康复的过程对很多人是有启发或者是警示作用的；另一方面，我生病时，幼子俊希刚刚六个月，如今他可以肆无忌惮地在爸爸怀里撒娇、搞怪。然而在那一段灰暗的时间里，我都不知道自己是否还有这样的机会看着这个小可爱平安长大。我总想应该留给这个可爱的小精灵一点东西，我想通过自己的故事，让他在慢慢长大之后，明白自己的爸爸当年到底发生了什么。也许我的一些反思恰恰可以解答他长大后的许多疑问，如果有些事情、有些教训能让这个小家伙有所收获，于我便是最大的欣慰！

好了，就在这个期待2020年第一场雪的夜晚，为这本笔记开一个头吧！

故事待续……

第一章
与死神擦肩而过

1 一场冥冥之中安排的体检（你若善良，必有福报）

无论你见到什么样的人，遇到什么样的事，都绝非偶然。若无相欠，怎会相见？世间所有的相遇，皆有因由。它一定会教给你一些东西，告诉你一些事情。如果事与愿违，请相信只不过是另有安排！

在开始故事之前，先送给大家这样一段曾经引领我走出痛苦的心灵格言。因为接下来给大家讲述的故事多少是有些压抑的，所以不必慌张。如果你与这本书相遇，本身也绝非偶然，皆有因由。

我：阿姨，没关系的，量哥的病是癌症里面最轻的。人家

不畏死生
——一个奶爸的抗癌笔记

日本甚至已经不把它当作癌症来治疗了。很多人都选择不手术。

阿姨：这个孩子怎么这么命苦啊？我让他别抽烟，别喝酒，怎么弄的啊这是？

我：阿姨，没事，量哥手术完很快就恢复了。以后注意复查，把烟戒了，以后就没事了。

阿姨：希望是吧！咱也不知道……

这是我生病前三个月的一段对话。说这段话的时候，我正陪着发小的妈妈在手术室外等候正在手术的发小量哥。他在单位体检的时候被查出有甲状腺结节，通过穿刺后确诊为甲状腺癌。正在工作的我接到龙哥的电话："快来医院吧！量子出了点事……"

我："什么事？严重吗？"

龙哥："说没事也没事，说有事也有事！别多问了，你来吧！"

放下电话，我就赶紧来到济南市的 Q 医院！看到量哥的第一感觉就是量哥突然沉默了很多！虽然平时话也不多，但明显今天的气氛不同。

"怎么了？"我问道！量哥勉强地挤出一丝微笑，"长了个东西"。

我："什么东西？"

量哥："一个瘤子。"

我："在哪个位置？"

量哥:"甲状腺。"

我:"没事,还没活检可能就是个结节。"

量哥:"已经穿刺了,不大好。"

我:"哦!没事。切了就好了!"

这是我见到患病后的量哥的一段对话。现在看来是多么的苍白,但是当时那种被恐惧所笼罩的气氛直到今天我还清晰地记着。我那时候真的算不上一个靠谱的哥们。之后量哥很快手术,康复……一切就像没有发生过一样。除了几次去医院探望,这事就像跟我没有关系一样。

嗡嗡嗡……(手机振动的声响),因为马上要调换工作,我有意识地调整了自己的工作节奏,今天早上并不是很忙。接起电话,原来是保险公司的王姐。"兄弟今天有时间吗?给你安排好的体验,别忘了啊!早上没有吃饭、喝水吧?别忘了带身份证啊!带上个水杯,查完体好喝点热水。"王姐一通叮嘱,"我在查体的公司等你哈。"睡意还没完全散去的我,简单地回复了一句:"好!"王姐特别适合做一个保险业务员,心细而且温馨。除了她们公司的产品贵一点外,没有别的毛病。我跟王姐是因为保险相识的。因为孩子刚刚六个月,初为父母的我们很早就想到要给孩子买齐保险。为了找到一家靠谱的公司,购买到一款性价比高的产品,我们几乎动用了所有的保险界人脉,最终决定购买了另一家公司的产品。但是王姐的热情一直让我很不好意思。作为弥补,我想给自己投一份重疾险以及住院险。因为在律所工作的原因，除了社保我没有补充任何商业保险。这样的想法对自己没有坏处，还能帮到王姐。何乐而不为呢？你看，总体来说我还是个不错的人！

简单收拾好，准备出门。这时候王姐的电话又响起来了："兄弟，可能要下雨，别忘了带雨具。"还是一句简单的"好"，心里却念叨着，这大姐还真啰嗦！

骑上电瓶车，不一会儿我就来到体检的地方。路上才发现原来真的要下雨了。心里一阵愧疚啊！不听王姐言，吃亏在眼前啊！进门就看到胖胖的王姐。

"兄弟在这边，"王姐引导我到签到的地方，她已经帮我取好了相应的材料，然后递给我一个雨衣："下雨了。我就知道你不会带！别紧张，正常查体，查体过了我就可以给你办投保了。"

我："好的，谢谢。我那个结石的手术要不要跟人说一下？"

王："嗯，如实告知吧！要不以后理赔也是麻烦。"

我："好。"

王姐有事先走了。我一个人拿着体检材料一项项地排队检查，心里还直嘀咕：不是刚查完了没有半年吗？能有啥问题？结石手术后我的身体恢复得很好。健身都好久了，你看看我这一身肌肉……

等待体检的人还真不少，一项一项的检查还算是顺利，最后预约了B超。恰恰就是这最后一项检查，改变了我之后的命运。进去之后，一位年龄稍大的阿姨喊我躺下，语气温和，让人感觉很舒服，不像有些医生永远都是不耐烦的催促。

以往这样的检查，三下五除二就结束了。今天似乎时间有点长。

阿姨开口了："小伙子，你的左肾上有个囊肿你应该知道吧？"

我："囊肿？没有啊！我半年前刚刚查过体，医生没有跟我说有囊肿啊？是不是看错了？我的右边做过结石手术！"

医生："我知道，右边没有问题，说明结石手术没问题。但是左边确实有个囊肿，而且个头还不小呢。半年前应该就有。"

我："真不知道啊？严重吗？"

医生："囊肿很多人都有，只要不再长大，切了就没事了。你这么年轻，没事，不用担心。"

我："哦。"

医生："我再帮你仔细看看。"

我："好。"

医生："等等……你这个囊肿有点意思，跟我见过的一般囊肿不太一样啊。里面有间隔。"

我："什么意思？"

医生："正常的囊肿里面应该就有水分或者尿液。你这个里面明显有实质的东西，不知道怎么回事。这样吧！你要是不放心还是去大医院再复查一下吧！应该没事！"

我："好……"

这就是我体检的过程。到现在我也不知道那位帮我细心查看影像的阿姨叫什么，也没法当面向她表示感谢。我不是没事，是我摊上大事了！阿姨的敬业精神可以说救了我的半条命！谢谢！

从体检中心出来我脑子里有点混乱，之前明明没有，怎么突然就有了囊肿了呢？又要手术了吗？上次的痛我还没忘呢！我不要手术，我不要插尿管！王姐的电话这时候来了，"兄弟怎么样？没问题吧？"

我："说我长了一个囊肿，其他的没啥事。"

王姐："哦！那我得问问公司，等我电话吧！"

我："小姨啊！我刚才查体的时候医生说我肾上有个囊肿，让我去大医院看看，你能帮我约一下吗？"小姨是家里医疗方面的专家，常年在省内重点医院担任护士长。

小姨："囊肿没事。但是小心起见还是复查一下吧！我给你约好，等我电话。别到处乱跑了，回家休息一下吧！"

我迷迷糊糊地骑车回到家，进门见到了六个月大的儿子。之前的阴霾扫去了很多，儿子是我最大的开心果。然后把要复查的事告知了家里人。妈妈说："刚手术完，怎么又长了个囊肿啊！你这身体真不随你爸爸。"我抱怨道："随你啊，身子弱！"小姨约好了晚上的检查，让我不要再吃东西，因为紧张我查完体也没有吃东西，所以干脆就等检查完再吃吧。

2 死神悄悄地来，不留下一点声响

检查的时间很快就到了，我一个人坐车来到省内的一家大医院。小姨已经在等我了。"去哪检查的？什么情况？"小姨一连串的问题，我简单做了回答。为我检查的是我之前结束住院期间多次帮我检查的A医生，一位年轻的科室副主任。A医生为人和气，见到我第一句话就是："没事查体干嘛？很多私人的查体机构水平不是太高，容易吓唬人啊！"我微微笑了笑，说道："这不是要让您这个专家给看看，我好放心！"

A医生很开心地笑了笑，让我平躺下："什么位置？"

我："左肾，说是有个囊肿，但是好像比较特殊。"

A医生："我看看……"一看就是将近一分钟的时间，而这一分钟我感觉像一个小时一样漫长。

A医生："最近有发烧吗？腰疼吗？有没有观察过大小便带血吗？"

虽然我当时还不懂，但是我明白，阿姨说对了，这不是一个简单的囊肿。就在这个时候冷汗已经浸透了我的T恤。很奇怪，明明在不断出汗，我却浑身感觉冰冷！

A医生："兄弟，这还真的不是一个普通的囊肿。我让主任一块过来会诊一下。"A医生回头跟一旁的实习小医生说了几句。不一会儿科室主任就过来了："这么年轻不会有什么吧？A医生你自己还拿不准吗？"然后他坐下，再一次在我腰部位置游走。也许又是几十秒的时间，主任放下检测仪器，看了看我的小姨，小姨示意他可以直接跟我说。

主任："这不是一个囊肿。里面有明显的间隔以及实质。具体是什么还要通过CT或者加强CT来确定。"

我："那可能是什么？"

主任："一种可能是肾盏息室，另一种可能是肾癌。"（也许他看到身边的小姨紧张的神情，故意把肾癌放在了后面，还安慰我说第一种可能性更大。）接下来主任也问我最近有没有发烧的症状，有没有腰痛，血尿，等等，后来我才明白这样的询问实际上是在验证我有没有任何肾癌应该有的三大病症。出于谨慎，主任还是建议在CT后再做结论，最终的结果需要通过CT或者加强CT来确定。离开了那张冰冷的床，但那一刻我仿佛被抽干了灵魂一般。小姨作为多年的护士长，知道我此刻最需要的是什么，一直在替我减轻压力。那一刻的我无论别人说什么都很难有什么作用，因为恐惧已经完全侵蚀了自己。我知道如果患上癌症，意味着什么。我不敢相信刚刚三十岁的我怎么会患上癌症，癌症不都是老年人才会得吗？我一定不是，一定是什么原因看错了。

就这样，理性告诉我遇到大麻烦了，而感性的因素让我选择逃避。此刻我人生中第一次深深地感受到了真正的无助。死神就这么悄悄地来到了自己身边……

3 左肾占位是个什么东西

为了尽量缩短这种恐惧感,我约到了最快的CT检查。小姨一直陪在我的身边。一方面,小姨做了几十年的护士,知道我现在需要有人陪伴,另一方面,小姨五年前也查出罹患胃癌,作为医务工作者的她最能明白一个患者此时的心境。现在这种情况下,我确实更需要陪伴,有专业的小姨在身边我也确实踏实了一些。就这样经过一段时间的等待,我人生中做了第一次CT检查。我想每一个做过这类检查的人都会多少感觉到一丝压抑,更不要说我还带着巨大的恐惧。在那短暂的一刻,我只有一个希望,就是希望奇迹会出现,我是健康的,或者这只是一个囊肿。但是即便我自信从未做过真正意义上的坏事,即便我自信自己称得上是一个好人,即便我觉得自己是个有梦想、有追求的人……但是在疾病面前所有的人都是平等的。CT的情况不容乐观。医生为了确认又做了加强CT。做加强CT推液的时候,我明显感觉到药物达到我身体每一个部位的过程。其实在那一刻我已经有了觉悟。这次的病可能真的很严重。加强CT结果出来了:左肾占位,这是什么?

虽然知道它一定不是什么好的结果,但是占位的概念确实没有听说过。占位是什么概念？占位在医学上称为占位性病变，是医学影像诊断学中的专用名词，通常出现在 X 射线、B 超、CT 等检查结果中。占位是指被检查的部位里有一个多出来的东西，这个"多出来的东西"可使周围组织受压、移位。占位性病变通常泛指肿瘤（良性的、恶性的）、寄生虫等，而不涉及疾病的病因。占位性病变根据性质不同可分为恶性占位性病变和良性占位性病变。恶性占位性病变主要包括癌、肉瘤等，其中常见的是癌。肉瘤是一种来源于血管内皮细胞的恶性肿瘤，比较少见，但一般不会到处转移，生存期比癌时间长。良性占位性病变大体上可分为囊性占位和实质性占位两种类型，囊性占位性病变主要包括囊肿、脓肿等，其中囊肿较常见；实质性占位性病变主要包括血管瘤、细胞腺瘤、局灶性结节性增生、局灶性脂肪肝、炎性假瘤、瘤样增生等，其中以血管瘤最为常见。其实小姨知道这个"占位"的概念，但是为了不影响我治疗，为了给我一丝希望，她并没有明确地给我解释，只是跟我说不管良性还是恶性，肯定要尽快手术切除了。此刻的我经历了前几天的迎头一击后，用三十年来积攒的一点点理性，一点点自持力尽力保持了情绪没有崩溃。

两年多后的我，依然能回忆起当时的无助，大脑一片空白……那一刻我才明白几个月前在量哥眼神里读出的诡异表情是什么。

4 时间不是金钱而是生命

快速确诊很重要。

虽然CT结果已经很明显，但是慎重起见，小姨还是帮我约到了另外两家大医院的泌尿外科主任，让他们再给把把关。后来我才知道，其实结果已经很明显，甚至她已经帮我联系好了适合我的主刀医生，但是为了让我自己更放心，也更了解我自己的情况，她才顶着将近40摄氏度的炎热，陪我一个一个医院去检查。两三天的时间，三家医院的主任，无一例外都得出了不好的结果。只是有的医生认为肿瘤位置不是太好，需要在病灶切除的同时将左肾一并切除，有的医生认为可以微创部分切除，问题还不是太严重。但是不管是哪位医生，都让我尽快手术，不要再等。甚至有热心的主任，立马要给我开住院单，第二天就要给我手术！这个时候其实我已经明白，情况不容乐观，手术是必须的了。恶性的可能性更大。但是还有希望！赶紧手术才是救命之法！回到家，我没有把结果告诉家人，而只是说有个囊肿需要做个手术。让妈妈帮我收拾一些住院的物品。妈妈的眼里明显多了一份担心，但我还是尽力地安慰老人家不要担心，没事。趁着妻子还没下班回来，我自己回到了房间，就呆呆地坐在床边，看着熟悉的一切，眼泪却再也抑制不住……

男儿有泪不轻弹，但是那一刻，几天来的恐惧、无助、委屈一下子都涌了上来……我该如何面对？我的未来又会怎么样？我会死吗？孩子怎么办？家人怎么办？……门铃响了，又有人回来了，我收拾一下自己的情绪。先手术吧！生死自有天定，也许并没有想象的那么糟。抓紧手术！

5 治疗方案如何选择

从一开始期待是误诊，到现在希望医生水平高超，能够完整地部分切除，保住左肾。这一系列的诊断过程中，遇到了很多专业的、敬业的医生，其中有我同学的妈妈，有朋友介绍的主任，还有我老师的好友，他们都有一个共同的特性，就是在秉持专业的同时，对我都极为耐心，而且知道我当时的焦虑与恐惧，都会从专业上帮我分析，告诉我，我不是最严重的。

其中在省内最有名的 Q 医院遇到一位年轻的专家，他迅速告诉我肿瘤的大小，具体的位置，手术可能的路径，短短的时间就让我相信我的手术是可以做到保住肾脏的。医生此刻的安慰以及专业的分析，让我倍感安心。所以很多时候一味地找大牌的专家未必是好事。第一，专家没有太多时间，总是几句话就打发了患者；第二，专家们往往不会考虑你的心态问题。陪我复查的还有我最好的同学。在我患难之际，是他们一直陪着我，在那个炎热的夏天，他们的陪伴告诉我，关键时刻亲情与友情是多么的宝贵。至少我不用一个人去面对各项检查，不用一个人去面对死亡，不用一个人去胡思乱想，他们在安慰我的同时，也早已为我确定了应对的方案。

最终我决定听取朋友们的建议，在省内的J医院尽快完成手术，其实Q医院的名气更大，主任也是业内知名的专家。但是他在接诊我的时候总让我们感觉到他很忙，很着急，性格有些急躁。后来跟业内的几位专家谈了谈，也落实了我们的担心。他们几个专家都是同门，但是Q医院的主任确实存在着有点毛躁的习惯。而他也跟我说过，不行就全切吧，风险最小，一个肾生存也没问题！而大多数的医生都没有这么简单地就下结论。他们更觉得我这个年龄，能保住肾脏时一定要保肾。更何况同一医院的医生还清楚地跟我解释了我的肿瘤以及手术的情况，虽然名气不如他，但是明显讲解得更为清晰，也更让我信服！最终我还是放弃了在Q医院的手术，选择J医院手术。科室主任为了能更好地帮我完成手术，早早地约定了省内的专家为我主刀，而本来技术就很高明的他选择作为助手。就这样，我，很快住院，术前检查，等待周末的手术！

6 手术前的谈话

手术前负责我的 W 主任找我和家属谈话。因为肿瘤的位置较为特殊，手术中有可能会由部分切除改为全部切除，各类风险也会倍增，让我们做好准备。一向以冷静、坚强自称的父亲也开始焦虑起来。因为多年来他对我的爱都是典型的中国式的父爱，都是那么隐晦，那么深藏于心。他很少在我面前袒露心声，从小到大都是这样，但这次我感觉到他的紧张。那一刻我确信父亲是深爱我的，即便他不太会表达这份爱，此刻我也安心了很多……被人爱着真好！

手术前的谈话只有我和父亲在场，医生把手术中可能遇到的各种风险都告知了，其实这也是手术前的例行告知。但是在手术前的一刻，负责我的 W 主任还是单独跟我聊了一会儿。原来他一直在考虑手术方案的问题，最终他还是觉得肿瘤位置有点敏感，如果在术中发现不能保证效果的话，还是会考虑左肾切除，让我也好有个准备！什么？马上就要手术了，突然告诉我保肾有点困难（手术前医生的整体判断还是部分切除，可能考虑手术风险才会更全面的告知）？但是我也只能故作镇定地告诉主任，我相信您的判断，为了能更好地活着，我愿意接受必要的治疗。主任对我的表态很满意，他马上又安慰我说："其实在没有进行手术之前,一切都是猜测,我们也是谨慎起见,到时候你麻醉着,我们也没法征求你的意见。放心吧!小伙子,我们一定尽可能地保住你的左肾。放心吧!"后面的谈话让我安心了不少,但是终归还是忐忑,为了更好地生,我必须跨过这道坎!

7 术　　后

预定的手术时间很快到了。早上护士安排我换好了手术服。换衣服前的那一刻我特意照着镜子,看着镜中的自己,经历了两年多健身的我,明明体型健硕,腹肌隐隐可见,精神状态也很好,怎么可能生了重病呢?可是此刻我病床的医疗牌上已经写上了"左肾占位",而那时我还不清楚这样的专业名词意味着什么。妻子通知了家里的几个近亲,还有我最要好的一些朋友。我想我此生最重要的财富就是有这些疼我爱我的亲人以及相互认可、相互帮助的朋友。当我面临死亡之时,无论他们多么忙碌,都及时地出现在我的身边。在众人无声的安慰下,我被推进了手术室。手术室的医生护士都是小姨多年的同事,他们看到了我的紧张,都简单跟我聊了几句。我已经记不清是谁,但我记得有个温柔的声音问我紧张吗?我说有点儿,然后那个声音温柔地告诉我,"没问题的,专家的水平都没问题,

不畏死生
——一个奶爸的抗癌笔记

很快就会好的！"就在这温柔的一问一答后，我随着点滴的节奏慢慢陷入麻醉。当我迷迷糊糊醒来时，人已经在病房，陪伴我的是氧气面罩以及手术后的剧烈疼痛。不是说好微创的吗？不是说好不会很疼吗？不是说好很快就好了吗？慢慢能够睁开眼睛，慢慢能听清身边人的交谈，除了疼痛，意识逐渐在恢复！爸爸过来抓着我的手问："还冷吗？"妻子跟岳母告诉我，没事了，手术很成功。医生也早已告诉爸爸，我的肾保住了，此刻我还在期待这个死神派来的肿瘤君是个良性的，但是大家为了不影响我的情绪，告诉我化验结果还没出来。

其实我心里是清楚的，只是不愿意相信罢了。从手术到苏醒后的一切都是后来妻子以及家人告诉我的，我是一点都没记住。我被推进手术室的那一刻，一向神经大条的妻子跟岳母那一刻也哭成了泪人。当我被推出手术室时不停地颤抖，一向铁汉作风的爸爸再也控制不住自己的内心，在病房外面偷偷地抹泪。

我知道那一刻我经历的是病痛，而爱我的这些亲人、朋友们经历的是另一番心痛。那一刻我是一个六个月大的婴儿的父亲，是一个新婚燕尔并不让妻子称心的丈夫，是一个刚刚通过考核，还有待观察的女婿，是一个多年来并不怎么让父亲自豪的儿子。

然而在生死面前，一切都被冲淡了！为了让我好好休息，好友们在我情况稳定后，简单安慰几句就离开了。只留下了家人，因为手术后的第一个夜晚将非常难熬，麻醉的效果渐渐散去，本就对疼痛敏感的我，开始感觉到撕心裂肺般的疼痛。父亲不断地帮我暖着脚，岳母也在不断关注着我的情况。在我的要求下，岳母跟爸爸留下来照顾我的第一晚，因为父亲在我会比较安心，但是如果说照顾病人岳母要强得多。也许大家会问你的妻子呢？妈妈呢？她们为什么不来照顾你？因为这个时候在我的要求下，大家还没有把我的病情如实告诉我母亲，妻子跟母亲都在家照顾只有六个月的儿子，而妻子除了要回家照顾幼子，第二天还要上班。其实我真的希望她们能在我身边，但我也没法自私地去要求太多。

果然术后的第一晚是极为难熬的。麻醉的作用渐渐褪去，伤口的疼痛不断地蚕食着我的意志。其实后来想想我所经历的疼痛与那些经历了多次化疗、放疗的病友而言可能不值一提。术后的各种反应让我无法入睡，而陪伴我的父亲在经历了一整天的紧张终于也无法再坚持。爸爸跟岳母分工，上半夜爸爸值班，下半夜岳母值班，老爸毕竟是个有些粗糙的男人，除了不断地用那双把我养育长大的双手摩擦我的双脚，想让我舒服一点之外，他也没有更好的办法。术后要面临第一次排气，第一次喝水等，因为身上插了尿管、引流管，我基本是没法活动的，护士怕我长时间不翻身，只能在我身下放置了空气床垫。

第一晚的疼痛至今让我记忆犹新。本想靠睡眠来熬过疼痛，但是身体的剧烈疼痛、身边杂乱的声音，根本无法入睡，那一夜感觉格外漫长。接下来的几天，就是正常的输液以及各项术

不畏死生
——一个奶爸的抗癌笔记

后的检查，身体以及精神上的双重折磨，让我根本没有时间与力气去考虑其他的事情，妻子会在每天下班后来看看我，身边的亲戚、朋友都陆续过来探望，但说实话开始的几天，我的精神状态很差，脑海里少有当时的记忆。记得是第三天的上午，妈妈第一次来医院看我，就在见到她的一瞬间，我这几天来的委屈、无助全部都爆发出来。

人们常说人总会在最信任的人面前暴露自己的脆弱，从事情发生到手术结束，除了第一次无法接受现实的情绪崩溃外，我还没有掉过一滴眼泪。但就在看到母亲踏进病房的那一刻，我无需再坚强，后来想想，自己当时完全是本能反应。我喊了一声妈，然后就哭成泪人……而就在那一刻，我才明白，无论这个世界如何变化，最爱我的人始终是我的父母。看到我的样子，从农村走出来的妈妈，此刻强忍着内心的痛苦，却是不断地安慰我，用她多年来辛苦劳作、并不顺滑的手不断抹去我已止不住的泪水。接下来的一句话，足以让我铭记终生。妈妈埋怨大家都瞒着我的病情，如果她早知道，肯定让医生割一个肾给我（妈妈此刻还不是特别清楚我的病情以及手术的情况，因为怕她太过担心我的情况，我们都没有告诉她）。这简单的几句话，也许不符合我的病情，也不符合医学的常理，但当时的我，却瞬间情绪崩溃，又感觉到无比温暖。因为那是妈妈本能地用其深深的母性传递给我的，给了我无尽的力量。在这里我要谢谢我的母亲，在那一刻我深深地体会到了世上只有妈妈好！

在医生、护士、家人、朋友的关心以及悉心照料下，我的情况一天比一天好转，身体上疼痛的减轻让我的精神状态也逐渐好了起来。慢慢地我拆掉了尿管，拆掉了引流，撤掉了气垫。记得我的主管护士见到我终于不再那么颓废后心情都好了很多，每次来帮我检查或者换药都要跟我开开玩笑，病房里的笑声也越来越多。我开始越来越想念那个古灵精怪的儿子，那个时候他只有六个月，还只能在小围栏里爬上爬下，不能陪伴他让我觉得很内疚，但是为了以后能够更多、更久地陪伴儿子，我只能选择好好接受治疗。在住院的日子里，常常会有亲友来访，有人知道我的病情，有人不清楚，但是大家的探望并没有让我自卑，反而坚定了我要好起来的信念。因为在跟他们的交谈中，我知道，我是被深深地爱着的，我必须用接下来的时光，力所能及地给这些身边人以温暖。在我病后，家人、朋友、同事、医生、护士，都以各自的方式不断地给我温暖，给我力量，这其中有一位特殊的朋友，她在得知我患病后，也抛开凡俗，到医院来看我，当她出现在病床前，我倍感温馨。有些人就是这样，即便他们仅仅是出现，就足以安慰我们脆弱的心，但我从来没有机会向他们一一致谢。就让我借用这个讲述故事的机会，向所有爱我的人，所有帮助我的人说一声谢谢！有你们真好，也希望未来的日子里，我能用我的行动温暖你们！

我的老师胡常龙教授经常跟我说，人生在世，得失之间不好说。往往是失之东隅，收之桑榆。我之前对这些话的感悟不是很深，然而就是这一场病，让我突然顿悟了。在医院接受治疗，不断康复的日子里，我开始有时间去回味我不长不短的过去三十年，我开始思考我为什么会生病，到底是哪里出了问题，死神为什么选择了我。与此同时，我利用这也许是上天赐予我的难得的深入内心思考的机会，对人生、亲情、友情、爱情、事业等问题都进行深刻的反思，最终发现原来很多事情，一开始就错了，就是这一个个错误让我最终不得不早早地面临死神的威胁。

在接下来的故事里，我会陆陆续续地将我的这些感悟讲给读者们听，当然我不敢保证这些思考都是正确的，也不敢保证这些思考后的行为以及处理方式对大家以后人生的每个阶段都适用，但是这些思考是我亲身体验后，以生命为代价换来的经验。如果你恰好在某个阶段需要指引、需要思考，你可以拿出来读一读，也许就会像大海中的灯塔指引航向一样，让你避免走一些人生的误区。当然我也深深地明白，有些人、有些事，是大家人生中注定要遇见，也注定要经历的。古人常说，人生在世，不如意者十之八九，重要的不是你遇到了谁，遇到了什么事，重要的是你自己的信念以及独属于你自己的人生哲学。而我希望你的这些信念以及哲学能让你成为一个温暖的人，因为只有你内心温暖，充满正能量，你才能正确地面对人生的机遇与挫折，你才能温暖身边的人。

好了，关于手术的故事到此为止，接下来都将会是全新的人生！

8　术后趣谈

手术一段时间后，随着身体状态不断好转，我的心态也越来越好，我开始不断地思考过去发生的一切。在这个过程中我发现我多年不见的幽默感又回来了。我能经常跟来照顾我的家人以及护士、医生开开玩笑。我知道如果我不改变，这场手术将不会是最后一次。所以改变必须从现在开始。

记得手术后除了日常的手术用药外，没有任何其他特殊的治疗。有一天医生来查房，我就抱怨道："主任给我开点特效药吧？整天就打这些消炎药、生理盐水就能把癌症都赶跑了吗？我听说除了化疗、放疗还可以用干扰素啊、胸腺肽之类的，实在不济给开点灵芝孢子粉、冬虫夏草也是好的啊！"主任看到我能开玩笑了，也很开心，跟护士说，"一会儿给他加到药里"，回头跟我说，"小伙子，不是每个人都有这样的好运气，以后一定要注意自己的身体，及时复查，这个病可不是闹着玩的。"我微微一笑表示知道了。后来当我进一步了解了自己的病情，才知道肾癌并非不需要辅助治疗，只是因为位置较深，对化疗等方式不敏感，所以医生对那种杀敌一千自损八百的方

不畏死生
——一个奶爸的抗癌笔记

式也就放弃了。根据病情，干扰素或者胸腺肽还是可以用的，只是这类药物并没有明确的治疗机理，医生也说不清楚会不会起作用。

　　在医院照顾我的这段时间，我们父子关系得到了极大的改善。父亲有一次扶我在病房里活动，护士进来说，"你看这爷俩，真温馨啊！"父亲笑笑说，"唉，也就这孩子生病了我们才有时间在一起。结了婚回家的次数都很少。"这段时间住院让我有更多机会得到父亲的照顾。那个不苟言笑的父亲，突然变了一个人一样，每天都守在我身边，照顾我的生活，陪我聊天，陪我散步。医院的院子里正好有个景致很好的小庭院，在病房待得太久了，我一直很向往那个地方。哪怕去晒晒太阳也好啊！父亲敏锐地察觉到我的想法，跑去问医生我的情况能不能出去走走，医生说现在看我的情况好转了很多，但是要注意不要感冒，不要劳累。父亲回来很开心，帮我穿好外套，然后慢慢地扶我来到院子里。天公也作美，阳光明媚，好多天没有呼吸自然的空气了，这味道真好，这阳光真好，照到身上暖洋洋的。这花园的景色真好，我怎么从来没注意过原来冰冷的医院里还有这么别致的景色？就在花园的木质走廊里，父亲扶着我一边慢慢地走，一边聊些俗事，看我累了就会给我找个地方休息会儿。我突然觉得眼前的一切都明亮了许多，都美了许多，心情舒畅了很多。虽然还是因为虚弱偶尔感觉头晕，但是比在病房的时候好了很多，我要经常下来走走！回病房的路上，突然发现前边的草丛里有东西在慢慢地穿行。原来是两只小刺猬，好久没有见过真正的刺猬了。小家伙们还不怕人，一直朝我望过来，生机盎然。健康真好！

以上就是我从生病、诊断、手术到康复的故事，现在回想起来，依然很紧张，依然会有很多顾虑。手术后的疼痛让我一度在打字的时候都觉得没了力气，但是当我回忆起那些人、那些事的时候，我又十分庆幸，庆幸死神只是跟我悄悄打了个照面，然后被我身边凝聚着的求生欲以及爱所感动，最终选择暂时悄悄地离开，就这样我与死神擦肩而过！

第二章
家　书

1　写给爸爸妈妈的一封信

　　爸、妈，对不起。我让你们在本该开始享受生活的年纪再次承受如此的压力。你们就像千千万万中国普通的父母一样，辛辛苦苦地培养儿子长大，想着儿子以后能有所成就，你们也能安享晚年。可是就像爸爸说的，怎么感觉没完没了呢？小时候想着上幼儿园就好了，上学就好了，上大学就好了，毕业就好了，结婚就好了，结果一茬接着一茬，您二老一直也没能停下。这不？好不容易盼到儿子结婚了，抱孙子了。结果一下子儿子又得了这么一场重病，都说可怜天下父母心。之前儿子说实话没什么感受，好多事情都觉得是理所应当的，但是当自己

不畏死生
——一个奶爸的抗癌笔记

真的有难时,才发现原来最爱自己的还是自己的爸爸妈妈。

爸,据说咱俩从我小时候起就不怎么对付,因为这个我好像没少挨打。我们俩的关系从我上大学开始就处于非常紧张的状况。在我眼里,您过去大男子主义,对生活没有什么追求,好吃懒做,好像跟我作对能让您开心一样(您别打我,我就是这么想的),可能很多做儿子的都是跟我一样的感受,就是自己的爸爸没法理解自己。据说您跟爷爷也是这个节奏,看来这个有点遗传。但是当我生病的那一刻,您突然就变了一个人,没有了以往的咄咄逼人,没有了以往的大男子主义,还记得住院的时候你偷偷地跟护士说,没想到这孩子病了,反而让我们父子有机会亲近亲近了。我那会儿没睡,偷偷地听着你跟护士的聊天,眼泪早已经止不住在眼眶里打转。那一刻我知道,你只是用你自己的方式爱着我。后来护士以及朋友们也多次跟我说过,从来没见过你爸爸哭。你从手术室出来的那会,安顿好你,你爸爸躲到一旁哭得很伤心。那一刻我知道我错了,而我从来也没有理解过您。现在我有了自己的儿子,才知道原来做一个父亲真的没有那么简单,我才更加懂得您,虽然到现在,我们爷俩依然没法有太多融洽的沟通,但是没关系,我们就以各自的方式爱着彼此就好。您是一个很平凡的爸爸,甚至是一个有一大堆小毛病的爸爸,但却是让我觉得最安心、最踏实的人。我也希望您能知道,我不光是那个跟您对着干的小孩,我是爱您的!

妈，首先请您原谅我当时没有把病情告诉您，因为我怕您承受不了这样的打击。然而我错了，这个家里最坚强的人是您。还记得手术后的第三天，您才大体知道了我的情况，来到医院见到您的那一刻，我再也没法控制自己的情绪，所有的委屈、疼痛，一下子都从心里涌了出来，我知道那一刻我很难受，而最难受的人是您。我记得很清楚，您质问在场的所有人，为什么不告诉您我的病情，早知道就把肾给我一个。其实儿子还算幸运，医生保住了我的肾，我的病情也比想象中更为乐观，所以儿子庆幸还有机会好好地照顾您。当您说要把肾给我的那一刻，我才真正地明白世上只有妈妈好到底是什么意思，母爱的伟大就是牺牲自己也在所不惜。我知道这不是所有人都能做到的。如果换作是我，我能如此牺牲吗？我不敢保证！而您没有受过任何高等的教育，从农村出来多年，依然保持着那份淳朴跟善良，我知道我的很多性格都源自您，我很自豪有一位您这样的妈妈，您对我的付出已经足够多，接下来的日子就让我来更多地爱您吧！

2 写给爱人的一封信

亲爱的你，关于这封信我两年多的时间里一直在犹豫，不知道该不该写，不知道如何去写，直到这一刻我也不知道该不该将它放到一本要公开发行的书中。

但是我还是选择面对现实，也只有更真实地面对自己，才不枉我生死里走过这一遭。

首先我要向你说声对不起，让你在最美好的年华里遭受了本不该承受的打击，就像这癌症曾经让我迷失了人生方向一样，这场变故同样让你也承受了太多的压力。同时我也要对你说声谢谢，你用你自己的方式给了我活下去的勇气。

在我读过的很多故事里，主人公在面临突然的疾病的时候，背后大多都会有一个温柔、贤良的妻子或者丈夫，用他们的实际行动来诠释什么是爱情。然而现实并不总是如此美好。当我在面临生死考验的时候、当我需要爱情、亲情来支撑我走下去的时候，每每第一眼看向的人就是你，但是当时的你不知道如何面对这突如其来的变故，你表现地那么措手不及，请不要误会，我并不想指责你，一是我没有资格去指责，二是因为也许你确实不知道该如何去做。

我更想跟你谈的是我们该如何面对未来，因为无论是我们自己未来的幸福，还是那个我们共同孕育的小家伙，都需要我们重新梳理我们之间的关系从而更好地生活下去。

不得不承认的是，我们两个的结合是在彼此都不够成熟的前提下进行的。这其中最根本的问题是我们对爱情、对生活的理解差异太大，于你而言，我的唯一优点就是对你的呵护，有时候这样的呵护甚至都失去了底线，而我则把自己想得过于完美，也把爱情与生活都想象得过于简单，甚至觉得自己足够爱你就够了，结果生活教会了我们父母不曾教会我们的道理，由于我不能像热恋期间那样呵护你，让你产生了巨大的落差，落差又导致了不断的指责，而最终引发的是一次次的争吵。而我也渐渐明白，原来爱情不仅仅是一个人付出就可以的，每一个人都或多或少地需要在爱情或者婚姻中得到认可、包容、关爱，等等，这些是构成一段成功的感情所必备的要素，而不巧的是，这场病用一种更残酷的方式放大了我们的矛盾。

然而现在的我比以往更需要另一半的理解、包容与尊重。因此，我们除了抱怨命运不公之外，需要更多的是对待婚姻生活的智慧。

相信我们能走到一起，能共同养育子女一定有着各自的理由，也有那样的缘分。但是我们在性格里都有一些缺陷，就是不愿意直面问题，而是选择逃避。但是逃避只会让问题暂时平息，却根本解决不了问题。

我总感觉自己是一个人，一个人去检查身体，一个人面临抉择，一个人面对未来……当我刚刚手术完就要面对与你争吵的时候，我就已经明白，我们遇到了大问题。我曾经对此非常苦恼，但是后来我慢慢明白了，被我们共同忽略掉的差异，让这场病无限放大了。我们这才发现，原来我们的世界观、人生观、价值观都不一样，所以迟早会有这样的矛盾爆发。我也曾经无数次想过，通过我们共同的努力，我们能最终战胜这些困难，但实践起来并不容易。

时间给了我治愈疾病的机会，同样也给了我们更多了解彼此，修复我们之间问题的机会。我们都还年轻，都还有很长的路要走，生活也许就是柴米油盐酱醋茶，生活也许本就包含了吵吵闹闹，但幸福与快乐是共同生活的根本准则，而这快乐与幸福需要我们更多的智慧，希望我们能因爱在一起，也能因爱走下去，此时与你共勉。

3 写给俊希的家书（一）

为什么我会得癌症？俊希，我想你读完爸爸之前的故事，已经知道爸爸经历了什么。但是你也许会问，爸爸，为什么你这么年轻会得病呢？而且是这么严重的病，我会不会遗传？我要注意些什么呢？

放心吧！孩子。爸爸会在这封信里，给你讲讲爸爸两年后的反思，希望能解答你的疑问。当然希望你能正确地理解爸爸想要传达给你的信息。爸爸希望你能引以为戒，对自己的健康与未来负责。

首先爸爸要给你科普一下关于癌症的一些基本知识，因为这些知识会帮助你理解下边给你讲的很多道理。

癌症不是一种疾病，而是许多种疾病。我们把它们统称为癌症,是因为它们有一个共同的基本特征——细胞的异常增长。通俗点说,就是指人体在各种各样致瘤要素的功效下,部分细胞出现异常增生而产生的部分硬块。通常依据肿瘤的病理生理学形状,分裂成熟期水平,生长发育方法及其对患者的伤害水平,可分成良性瘤和肿瘤两种,良性瘤通称为瘤,肿瘤通称为癌,而癌是始于组织细胞的肿瘤,肉瘤是始于间叶组织的肿瘤,大家通俗化,实际意义上的癌症事实上特指全部的肿瘤。

爸爸并不是专业的医生,无法给你一个更为科学或者准确的概念。你只要知道,癌症是一种因为细胞异常增长导致的疾病,而现阶段科学家们还没有找到治愈癌症的方法。如果有兴趣,你可以去读一读由李治中博士撰写的两本关于癌症的科普类书籍《癌症,真相》《癌症,新知》,两本书用比较形象、生动的方式解答了我们对这类疾病的很多疑问。书就在你卧室的书架上,对,就是书架第二排左手侧(有时候希望你快点儿长大,这样我们可以像朋友一样交流,有时候又不想你长大,喜欢你现在可爱的样子)。

好了,现在开始正式回答你的问题。其实爸爸到今天为止,依然无法理解,为什么是我得了癌症。从李博士的理论上讲,癌症与年龄增长成正比,也就是说年龄越大,基因突变的概率越高,无论男女,癌症的发病率从40岁之后就风险大增,人活着总要伴随着每天进行细胞的更新,岁数越大,细胞需要分裂的次数也就越多。而爸爸才三十岁,很明显年龄在我身上的相关性不高。再看遗传基因，根据爸爸了解到的情况，爸爸的爷爷奶奶并没有得癌症的情况，你的爷爷奶奶身体也比较健康。在查出患病之前，爸爸自认为身体健康，不抽烟（不保证二手烟），很少喝酒，体重有点偏重但是经常锻炼，很少熬夜，很少暴饮暴食。那么为什么疾病依然选择了爸爸呢？在这里我无法用十分科学的方式来解答这个问题，爸爸想要给你讲的是爸爸两年后反思的我生活中可能的致癌因素。

回想起来，爸爸觉得自己患上癌症的第一大原因是情绪以及心态的管理不合格。可以这么说，爸爸的性格就是专家常说的易癌性格。也许你会问，什么是易癌性格？总结起来易癌性格的具体表现如下：性格内向，表面上逆来顺受、毫无怨言，内心却怨气冲天、痛苦挣扎；情绪抑郁，好生闷气，但不爱宣泄；生活中一件极小的事便可使其焦虑不安，心情总是处于紧张状态；表面上处处牺牲自己来为别人打算，但内心又不情愿；害怕竞争、逃避现实，企图以姑息的方法来达到虚假和谐的心理平衡。

当爸爸静下心来反思，以上的这些具体表现还真的是爸爸性格的写照。总体上爸爸性格较为内向。爸爸实际上是很有个性与脾气的一个人，但是长久以来的家庭教育以及环境都让爸爸选择压抑着自己内心的各种情绪，而爸爸并不知道如何正确地宣泄这些情绪。由于没有正确的宣泄方式，导致爸爸跟你爷爷奶奶的沟通很多时候都是以生闷气结束的。爸爸总觉得他们无法理解自己。时间长了，爸爸选择的是不沟通，直到现在爸爸跟你爷爷奶奶沟通的时候依然有很大的障碍。回头想想基本上爸爸主动沟通的事情，很少能得到爷爷奶奶的正面回应。时间久了爸爸选择了逃避，然而不沟通不意味着矛盾就不存在。很奇怪作为律师的爸爸在跟当事人沟通时并不会感到有障碍，但是跟父母沟通却是挫败感十足。跟朋友的相处中，爸爸总是以牺牲自己的感受为代价，一味地照顾朋友的感受，其实很多时候爸爸并不想这样做。在爸爸的理念中，朋友是极为重要的。当然你不要误会，直到现在我依然认为朋友很重要。但是后来爸爸明白了什么叫君子之交淡如水，也知道了真正的朋友是能够用本性去相处的。如果一个人因为要做自己就不愿意跟你交往，恐怕很难称之朋友。

  2012年爸爸研究生毕业后，开始了自己的工作之旅，很不幸的是，爸爸遇到了一个有些变态的领导。其实这样的领导在职场上经常能够遇到，一方面上下级之间的监督管理关系天然会制造一些矛盾，而有些人基于自己的性格、经历、格局是无法宽容别人的。即便你是一个刚刚毕业的学生，其实这样的人不仅仅针对爸爸，他身边的每个人在没有利用价值的时候，最终的结局也都一样。而爸爸把这样的职场问题，上升到个人恩怨。每天针对领导的各种刁难，因为不知道如何化解，所以让自己时常处于焦虑不安的状态。爸爸现在还记得每天去上班犹如去上坟一样的心情。如果说之前在求学路上遇到的问题都是小问题的话，进入职场就遭遇这样的挑战，为多年后的患病埋下了病根。而雪上加霜的是，此时爸爸恋爱了，认识了你的妈妈。因为性格不同，经历不同，在恋爱的那几年里，爸爸除了工作的焦虑，还要不断跟妈妈争吵，太多的负面情绪为后来患病留下了很大的隐患。

第二个重要的病因，我想是因为爸爸没能控制好自己的嘴，也就是饮食习惯不够好。 首先一点，无论吃什么爸爸总是吃得很快，没能做到细嚼慢咽。这样吃下去的食物没有经过很好的咀嚼，因而给消化系统带来很大的压力。而我们的人体是一个和谐的整体，我想这样长期的压力一定对健康没有好处。再者爸爸对饮食种类不加以控制，尤其对甜食、高油、高盐的食物，爸爸之前最大的爱好就是喝可口可乐以及其他类似的碳酸饮料，夏天喝、冬天喝，白天喝、晚上喝，甚至有时候感冒发烧都要喝上一瓶。记得有个大学同学见我喝药的时候竟然用可乐送服，不无担心地告诉爸爸可乐不能多喝。根据现有的医学研究，甜食是引发癌症的重要诱因，而可乐一类的碳酸饮料中糖分是最多的。除了甜食，还有肯德基之类的快餐、各种小零食都经常出现在我的食谱中。还有让人又爱又恨的方便面，这些东西都是我们营养学上的垃圾食品，而爸爸却把这些东西当作美味。

除了经常吃垃圾食品以及饮食习惯不好外，爸爸还经常暴饮暴食，尤其是遇到自己爱吃的东西，往往就失了分寸。像小龙虾之类的东西,爸爸竟然可以吃到自伤。起码有五年的时间我都不敢闻到它的味道,就因为有一天我一个人吃了差不多有十斤的龙虾……

这么一总结,我觉得自己在管住嘴这件事上简直惨不忍睹。

第三个原因是爸爸的睡眠问题。其实在工作之前,爸爸的睡眠质量还可以。工作以后睡眠质量越来越差,经常无法安然入睡,入睡后也很容易醒来,而且多梦。常常在梦里被坏人追或者追坏人,经常第二天醒来的时候,发现比之前入睡的时候还累。时间久了,对身体是绝对没有任何好处的。这样会形成恶性循环,而睡眠质量差是导致免疫能力减弱的重要原因。所以有人会说熬夜就等于慢性自杀!而我康复期间对睡眠的改善调整也印证了这一点。尤其早睡早起,排除了很多心理压力,我能够安稳地入睡,也经常能够一觉到天明。这对我的康复起到了很重要的作用,每每醒来都能觉得神清气爽!

第四个原因是我们的外部环境。可能很少有人关注到我们现在所处的环境有多大的问题。

我们现在所接触的声、光、电、水、气等几乎没有不被污染的。尤其是爸爸患病前的两年,中国的广大地区都遭遇了史无前例的雾霾天气。我还记得在你妈妈怀你的后期,晚上我们经常要出去散步。几乎每次我们都是戴着口罩,顶着严重的雾霾天气。有时候竟然严重到预警爆表,而且经常是持续性的雾霾天。有一段时间我们竟然十几天没能看到太阳。

我们还要面临越来越严重的汽车尾气，越来越不干净的水源，我们要面对甲醛超标的室内装修，等等。我并不能断言是环境问题导致我罹患癌症，但是从我们居高不下的癌症发病率上看，环境肯定是诸多癌症成因中的一个。癌症不是一下子就得的，这需要一个长期的、渐进的过程。我们面对的危险因素越多，我们的免疫力有可能就越不够用，当基因变异累积到一定程度的时候，癌症自然也就找上门来了。

说实话，每每雾霾再次来袭的时候，我都自恨自己能力不足，不能立马带着家人远走他乡，远离这个连呼吸都不能自由的城市。但是我还没那个能力，或者说只有我明白还不足以影响一个家庭改变！我真心地希望我们生活的城市能越来越环保，越来越健康。如果继续恶化，虽然有困难，爸爸仍然希望能有能力尽早带你离开。

以上是爸爸这两年来对自己患病原因的反思。现在反思对爸爸已经没有任何用处，但是却可以给你的生活提个醒。不要因为年轻就放松了对自己健康的管理。在可控的环节上尽可能地保证自己的健康。爸爸也会在接下来陪伴你的日子里，帮助你一起建立良好的心态以及身体健康管理，愿我们都能远离肿瘤君！

当然还要跟你解答一下关于癌症是不是会遗传的问题。我想严格说来，癌症也有自己的遗传特点，但是我想对你来说应该风险很小。因为从家族史上来说我们基本没有患癌症的例子。与其担心癌症，你还不如多关注自己的血压，家族里倒是很多人有高血压的问题。而爸爸反思自己患病的经历，恐怕心理以及生活方式是致病的最大原因。当然多多关注自己的身体健康，按时进行体检总是有备无患的！

4　写给俊希的家书（二）

（关于这部分，我思考良久，是否要给你讲述这些，最终我想把所有的事实情况都讲给你听。因为如果我连面对真实自己的勇气都没有，更何谈跟你讲述自己的感悟呢？当然这里面的对错，也许只有当你足够成熟后才能明白。）

亲爱的俊希，总有一天你要长大成人，总有一天你会遇到一个令你心动的姑娘，总有一天你要选择一个女孩与你相爱一生。我想人活在世上，总会经历爱情。在谈及爱情之前，爸爸首先想要给你建议的是，在学会爱人之前，首先要学会爱自己。如果你连爱自己的能力都没有，恐怕也没法好好地去爱别人。希望你能记住，无论你遇到什么事，什么人，人生都还是会正常地运转。无论离开了什么人，什么事，生活也不会停滞下来。如果你不懂得如何爱自己，就算你把自己感动得痛哭流涕，也无法真正拥有合适的爱情和生活。

在爱情这个问题上，爸爸觉得自己就犯了这样的原则性的错误。我把这个故事讲给你听，希望当你有一天面对这样的问题的时候，能够不再迷茫。爸爸希望你能拥有最令人羡慕的爱情，而一份真挚的爱情能让你的人生更加丰富多彩。

如果你要选择一个人陪你走过人生的旅程，首先请你选择爱情。也许这会很难，但是你要做的就像李宗盛在《晚婚》中所唱，"我要寻找那世上唯一契合的灵魂"。请记住一个男人在生活中需要给予对方的是关爱，而一个女人在生活中最需要给予对方的是相信。我将会用爸爸妈妈的爱情故事来给你解释爱情为何是如此重要。

爸爸妈妈的恋爱并不顺利。妈妈从外地回来，带着很多的不舍以及抱怨。爸爸初入社会，带着一份简单跟单纯。回头看来爸爸当时对感情的看法是比较幼稚的。但是就像曾有人说过的，最终跟你在一起的未必是你最爱的，也不是最爱你的，只是那个在合适的时间，出现在你生命中的人。也许爸爸妈妈在各自的命运中就是这样。爸爸妈妈从经历、性格、追求等方面还是有很大差异的。而最终让我们在一起的原因，对于爸爸来讲更多的是妈妈的年轻貌美，还有妈妈身上散发出的一种需要被保护、被呵护的气息。妈妈最终在众多优秀男性中选择爸爸的原因，是因为爸爸足够真诚，也对她足够呵护。然而我们都犯了一个错误，就是没有通过恋爱了解彼此。爸爸曾经对爱情的所有理解都被妈妈改变了。跟妈妈在一起的日子爸爸有过幸福，但伴随着焦虑不安。爸爸即便觉得付出了很多，仍然没法从内心里得到妈妈的认可。曾经妈妈给爸爸举过这样一个例子："我就想要一个苹果，而你送了我一车的香蕉。你很努力，但我不喜欢。"也许你会问，那明明你们都知道有这样，那样的问题，为什么还是最终会在一起，最终选择结婚呢？说实话，爸爸很难给你一个明确的答案。有时候爱情是会击碎你所有的理性，所以直到现在爸爸也无法回答这样的问题。我想妈妈也是一样。爸爸曾经愚蠢地认为，在爱情里，爸爸是不要被呵护的，我只要做那个付出的人就可以了。就像爸爸年轻的时候曾经流行这样的话，"你不需要喜欢我，我足够喜欢你就够了"，现在想来这简直就是胡扯。爱情本就是一个相互的关系，单方付出的爱情从来也不会有什么好结果。

所以爸爸建议，当你情窦初开的时候，可以在不伤害别人的前提下，多几份感情经历。因为只有你经历过，你才明白，什么样的爱情，什么样的爱人才是你需要追求的。你要明白的是你喜欢的也许是一类人，但是能跟你结婚的却只有一个人。所以如果你遇到了让你心动的女孩，鼓起勇气向对方表白吧！也许你会问，爸爸，我到底要找一个什么样的女朋友呢？傻孩子，当然是那个爱你的姑娘，当然你在内心里也要爱着这个姑娘。我说过只有一方付出的爱情从来也不会有什么好结果。你也会追问，我怎么知道一个姑娘是否真的爱我呢？说实话爸爸之前也不懂，但是现在爸爸有了一些感悟，其实道理很简单。一个真心爱你的姑娘，会在方方面面传递给你这份爱的信息。

53

而你也可以用这个标准来判断自己是否真心爱着这个姑娘。当你或她心里都真心爱着彼此的时候，不要别人提醒，不需要刻意，爱意是会自然流淌的。如果你是一个细心人，一定能感受到这一份爱。你也许会问，爸爸你没有在跟妈妈恋爱的几年里感受到吗？爸爸此刻无言以对，我上面说过，我曾单纯地认为我喜欢妈妈就足够了。在我们相处的那几年里，妈妈其实很多次用自己的行动告诉爸爸，她并不怎么爱爸爸。当时身边很多的朋友都提醒爸爸，我们并不合适。但是爸爸选择逃避这些问题。这里爸爸告诉你一个小窍门，如果你想确认自己是否真爱一个女孩，或者想知道一个女孩是否真的爱你或者适合你，不要相信你们平时约会时的表现。有机会可以一起去远足。至于原因，恋爱中的男女，出于本能都会将自己的真性情掩饰起来，将最好的一面展示给对方。这个时候因为有充足的防备，你是无法判断一个人的真实一面的。而远足可以给你创造一个了解对方真实情况的机会。因为远足需要你们短暂生活一段时间。这个时候你们都会慢慢放下心里的防备，慢慢地那个真实的自己就会冒出来。这时候你再细心地观察对方的脾气、性格、为人处世的态度，基本你就能明白或者判断，你们是不是真的合适。当然你也要将真实的自己展示给对方（这也是你妈妈常常抱怨爸爸的地方，觉得爸爸把自己伪装得太好了）。

如果你确定彼此是相爱的，如果要选择婚姻，你依然还要多考虑一些。爸爸相信，在这个世界上，你不会只爱一个人，你也不会只有一个人爱。但是要选择婚姻，就要慎重，这是对你自己负责，也是对爱你的人负责。台湾的曾仕强教授曾经说过，"如果你想让一个人一天不开心，就让他早上喝一杯烈酒，如果你想让他一辈子不开心，就让他找一个差劲的老婆。"话很戏谑，却又实实在在。在相爱的基础上，你们要考虑彼此的性格、追求、审美，等等。谈到性格，你要学会去冷静地判断你爱的人是否存在偏激、自私、冷漠等问题。你要知道爱情足以维系你的恋爱，然而仅仅有相爱却不一定适合组成家庭。也许你又会问：我们没有生活在一起，我怎么知道她到底怎样呢？确实这很难，就像之前爸爸说过的，恋爱中我们都会伪装自己，但是如果你足够细心还是可以看出很多端倪的。最简单的方法就是看看她对待自己的家人、朋友、甚至对待陌生人的时候是个什么表现就足够了。如果这个女孩对家人、对朋友都做不到起码的礼貌、宽容，动辄对身边的人发脾气，不能体谅别人的话，相信我，那才是她本来的样子。如果你选择跟她在一起，未来她也会如此对你，而且只会更严重，因为只有你才是那个跟她朝夕相处的人。所以孩子，如果你发现了这些问题，一定要理性地告诉自己，然后选择合适的方式离开。

　　如果你们在上面提到的问题上还算合得来，那么接下来最重要的是，你们有没有一种能让彼此在无伤的前提下解决矛盾的方式。因为你们毕竟是完全独立的两个个体，有矛盾很正常。但是如何面对矛盾，如何解决矛盾，决定了你们未来能否长久地一起生活。如果矛盾的解决是以牺牲一方的感受为前提，相信我，你们并不是真的合适。爸爸跟妈妈就存在这样的问题。我们本就很多地方不同，但最要命的是，我们找不到一种彼此能接受的解决问题的方式。所以很多矛盾会越积越深，小事会成为大事。希望你不要走我们的老路，之所以会跟你谈这些，一方面是给你一点点建议，希望你能选择真正适合自己的另一半；另一方面婚姻幸福与否会严重影响你的心理状态的好坏。一段好的婚姻可能对你的健康会有很大的帮助，而一段充满问题的婚姻，会给你的健康带来极大的隐患。爸爸希望你能健康地成长，多多感受这个世界的美好，故而你要先有能力判断什么人是适合你的。

所以总结起来，你要寻找的是那个从内心里爱着你的，与你有着共同的爱好、追求、审美以及生活方式，愿意接受你的不足，能够妥善面对你们的矛盾，愿意相信你，从内心里认可你的女孩。当然爸爸希望你能明白爱情的天平一定要尽可能平衡。不要相信那种只要一方付出就可以的鬼话。人都是需要被呵护、被理解、被包容的。这时不需要，以后也需要。当天平长期不平衡时，那个一直付出、一直不被理解的人早晚会爆发。那个时候再后悔是没用的。所以如果你内心确定对方是那个对的人，就要全心地去爱她。请记住爱情是彼此之间的事情，而不仅仅是你或者她某一方面的事情。

为了不让你误会，爸爸有必要解释一些事情。爸爸妈妈从来没有因为我们之间的问题，影响到对你的爱。虽然我们恋爱、婚姻由于彼此的不成熟，出现了一些问题。但是其实我们也一直试图在解决问题，在寻求一种更好的相处模式。而现如今很多中国式的婚姻也都面临如此的问题。爸爸妈妈都曾努力过，现在也依然在努力。作为父亲，我希望俊希你能比爸爸妈妈更幸运，愿你能找到真正属于你自己的另一半。

关于爱情，爸爸唠叨到这里，希望爸爸能健健康康地看你的表现！一定！

5 写给俊希的信（三）

亲爱的俊希，这里是爸爸对你的期待。爸爸刚刚生病的那段日子，一直担心没有机会再看着你健康快乐地长大，心里有很多的话想讲给你听。可惜那个时候你只有六个月大，还没法听懂爸爸的话。现在爸爸知道自己没有想象中病得那么重，感谢上天，让我依然有机会好好地看着你一天天长大，一点点成长。因为这场病，爸爸对很多问题都有了新的认识。爸爸希望能把这些对人生、对生活的理解与你分享，这些想法可能会解答你人生中的许多烦恼与迷茫。

你在成长中少不了遇到困惑，但没必要烦恼或者慌张。相信爸爸，这很正常。所有人在一天天长大的同时，也都在面临这样那样的失败、挫折和迷茫。重要的不是你遇到了什么，重要的是你遇到事情以后自己的心态以及应对的方式。关于人生到底应该追求什么这样宏大的话题，爸爸觉得没有资格来跟你谈。这样的世界观、人生观需要你在成长中慢慢体悟。爸爸只能提出一些对你的期待，也许能帮你更好地了解这个世界，面对这个世界。是对是错，恐怕很多事情还需要你自己去验证。

爸爸首先希望你能养成学习与读书的好习惯。我想你一定不太爱听这个话题，由于升学考试的要求，你的学业压力一定会大得多。爸爸妈妈在你这个年龄也会面临很大的学习以及升学压力。但是我想如果你能弄清楚,自己为什么学习,学习有什么用处,也许就不会过于讨厌学习了。简单一点讲,学习与读书就是让你具备更好地理解这个世界,更多地接触这个世界,更好地享受你的人生的基础。很多人也许会告诉你学习与读书没什么用处。最近几年又有人鼓吹学习无用论,爸爸身边也有一些人没有通过太多的学习,学业上不算成功,但是个人也取得了一定的成就。但是这样的情况毕竟是少数。更多的成功例子告诉我们,学习是一个人取得成功的基础。你学习的不仅仅是书本的知识,更是与你知识相匹配的世界观、人生观和价值观。通过学习与读书,你能接触到更优秀的人,更有意思的人生,而不仅仅是享受物质上的愉悦。人们都说兴趣是最好的老师,爸爸希望以后在学习上不给你太多的压力。我们会根据你的兴趣以及个人能力的情况给你提供力所能及的帮助。学习、读书是我们摆脱愚昧、提升人生价值最为有效的方式。爸爸喜欢读书,现在看来你也比较喜欢,这一点很让我欣慰。希望你能一直保持下去,希望你能善于总结学习方法,善于学习别人好的学习经验,养成一些适合自己的学习方式,这样的学习方式将会让你终身受益。学习以及不断地提升自己还有一个好处,就是你能与你一样有追求、有理想、有水平的同龄人在一起。这一点非常重要,爸爸在这方面的感受是比较深的。

其次,爸爸希望你能养成良好的运动习惯。体育运动不仅能带给你良好的身体素质，还能在你锻炼的同时带给你只有运动才能带来的身心愉悦。其实在国外很多的小朋友体育锻炼的时间远比学习的时间要长，爸爸比较喜欢运动，但是算不上有很好的运动习惯。你先要根据自己的兴趣选择几项自己比较喜欢的运动。我想对身体比较有好处的运动有游泳、篮球、足球、慢跑、羽毛球，等等。运动的形式不重要，重要的是第一你要喜欢，喜欢能让你一直坚持，而体育运动能发挥健身功效的前提就是坚持。然后你要有规律地锻炼。你可以根据自己的时间来安排锻炼的时间。也许每周两次，也许每周三次，有自己适合的锻炼规律。还要记住，在每次锻炼前以及锻炼后都要进行充分的拉伸以及放松。这也是爸爸要提醒你的。爸爸是个很喜欢运动的人，但是爸爸一度很不懂得放松，很多时候运动后都会觉得身体紧紧的。乳酸的堆积对身体并没有什么好处，一定要拿出时间来充分做好热身以及运动后的放松。

很多的运动还能让你得到团队意识的锻炼以及收获最诚挚的友谊，就像军人在战场上结下的战友情一样。在和平时代我想还能收获类似感情的应该就是团队运动了。无论是篮球、足球，还是棒球，还是其他团队运动，爸爸希望你能全身心地投入某种运动，在锻炼身体的同时，收获那份难得的友谊。

第二章 家 书

其三，爸爸希望你能充分享受音乐给人带来的享受。音乐是上天带给人类的美的享受之一。但是在爸爸小时候，爷爷奶奶还没有这个意识去培养爸爸的音乐素养，直到今天爸爸依然非常羡慕身边能熟练弹奏某种乐器的朋友。音乐带给他们的享受与爸爸感受到的一定是不同的。爸爸现在经常去亲身体验不同的音乐形式，高雅如交响乐、震撼如摇滚乐、快乐如流行乐。但是就像大家说的，音乐无国界，音乐不需要语言。爸爸总能在各种形式的音乐中感受到不一样的快乐。这种快乐是深入人心的，我想对健康也是大有好处的。无论你是悲伤还是欢乐，音乐总能给你适时的快乐。如果有机会，爸爸一定会带你接触各种音乐形式，至于你喜欢什么就要看你自己了。爸爸希望你能坚持学会一种到两种乐器，也许是钢琴，也许是小提琴，也许是吉他，无论哪种乐器都好。这些都能提升你的音乐素养，最终也能提升你音乐的欣赏水平。

其四，爸爸希望你能珍惜并重视真正的友情。我想友情是这世上除了亲情之外最能给人以能量及支持的情感。爷爷奶奶从小就给爸爸灌输友情的重要性，爸爸至今仍然非常重视友情的建立。不过爸爸在交朋友这件事上也曾犯过不少的错误。比如弄不清真正的友情跟虚伪的友情，对朋友苛求太多，等等。其实朋友关系是很微妙的，但是交朋友最基本的原则就是要真诚。只有你真诚地对待别人，别人才能因为感受到你的真诚愿意与你交往。但是请注意并不是你愿意结交的所有人都愿意跟你做朋友。如果

不畏死生
——一个奶爸的抗癌笔记

你身上有某些地方是别人不喜欢的,你要尊重别人的选择。不接受是不需要什么科学道理的,不喜欢就是不喜欢。当然只要你们相互欣赏,就有了做朋友的基础。但是你要注意在交往中甄别哪些是真正的友谊,哪些是我们常说的狐朋狗友。因为我们的精力是有限的,我们无法让每个人都成为我们的朋友。真正的朋友是会真心为你着想的。在你好的时候,他们会分享你的快乐,当你有难时,他们会伸出援手帮你渡过难关。而那些"所谓的朋友",在你好的时候围在身边,当你有难时找各种理由推托。

当然,与朋友之间相处的基础是将真实的你展现给对方,你的

人格魅力是打动朋友的最基本条件。如果你隐藏起自己的本性，为了迎合对方而装成对方想要的样子，最终你也无法得到想要的友谊。你无需为友谊这样自然而成的东西委屈或者改变自己。爸爸还想告诉你的是，朋友不像亲人。友情之间本就不应该承担对方的任性与责任，所以不要期待你的朋友会为你付出很多，即便是你最要好的朋友。你要首先做好你自己，然后不计得失地去跟朋友相处。只有这样你才能更好地与朋友相处，最终我想结果也不会差。

珍惜你身边愿意为你着想与付出的朋友，无论男女。真诚地与对方相处，主动付出，不计得失！

其五，也是爸爸最希望你能拥有的，就是作为一个人应有的真性情。我希望你能活出自己的生活，享受自己的人生，而不是被什么其他的东西所牵绊。如果你想做什么，只要不违反法律与道德的底线，你大可以放开自我去追求。做一个敢爱敢恨、勇于尝试的男孩子，不需要考虑你所追求的东西是否有结果、是否高尚。想笑你就开心地笑，想哭你就痛痛快快地哭，想说你便有理有据地说，想安静那就充分享受那份安静。总之爸爸不想你再走我曾经走过的老路，爸爸希望你拥有更加健康的人格。当然爸爸也希望你继承爸爸的一点点优点，成为一个小暖男，成为值得家人以及朋友信任的人！允许爸爸自卖自夸一次吧！

好了，已经跟你说了很多了，夜已经深了，为了能一直陪着你这个小家伙成长，爸爸要注意自己健康的生活方式。更多的道理我希望以后能面对面地跟你交流，晚安孩子。

第二章　家　书

6　写给俊希的信（四）

亲爱的孩子，快乐地生活，是我们每一个人的心愿。保有善念，靠近正能量。孩子，接下来爸爸想要跟你讲讲爸爸病后的一些感悟。说到这些感悟，可能还真要感谢这场不期而遇的重病。如果没有它，也许爸爸会一直浑浑噩噩地生活下去，总是活得不太明白。一个人怎么样才能真正快乐呢？为什么爸爸在三十岁之前一直算不上真正的快乐？现在终于明白，原来爸爸不知道从何时开始，习惯了绕开正面思考，不会用正面的语气说话，不能从正面理解问题，不会做能让自己开心的事。很多事情先是焦虑不安，然后总把结果往坏里想，这样更加雪上加霜。然而接触过一些正能量的人之后，我才发现原来不是所有人面对问题都是这样处理的。他们会选择积极正面地去面对问题。他们首先是从内心里树立解决问题的信心，然后用正面的方式去讨论问题、解决问题。所以当你遇到解决不了的问题时，当你经受挫折时，你首先要学会的就是乐观。这种乐观来自内心的宁静、满足、善良以及感恩——这与贫富无关。如果你能学会乐观地对待问题，将会给你的人生带来更多美好的体验。

爸爸建议你在人生成长的过程中，尽可能多地跟拥有正能量的人接触，而对于那些浑身散发着负能量，充满着怀疑、抱怨、质疑等负面情绪的人，你要学会礼貌地拒绝，不要成为别人负能量的牺牲品。

　　我们到底想活出一个怎样的自己呢？爸爸前三十年没有弄明白这个道理。爸爸就像周杰伦唱的《蜗牛》一样，背上了一个重重的壳，遗憾的是我没能做那个最真实的自己。但是这场大病，让爸爸有时间停下来去回忆自己的前三十年，过去的生活、工作。其实很多的压力是爸爸自己给自己背负上的。爸爸总是很在乎身边的人对自己的看法，总是觉得我应该让大家都满意。但是我却忘记了自己明明就不是那么想的，也不想那么做。而你，我想完全有机会活出属于自己的世界。不要太在意别人的眼光，甚至你可以不按照爸爸妈妈的安排去行动。因为爸爸妈妈也未必什么都是对的。我并非要让你逆反。我只是希望你在自己的选择上要有独立的看法，以及完成自己选择的毅力与勇气。无论这个选择是一件小事还是一件大事，都是这个道理。你首先要问的是自己的内心。你喜不喜欢，愿不愿意为之坚持，即便失败了你也不会痛苦。

　　还有一件事爸爸也很想讲给你听，也是爸爸病后最宝贵的感悟。如果你喜欢一件事，在你经过内心确认后，一定要认认真真地列出计划，然后努力去完成它。爸爸过去给自己设立了太多的限制，明明自己喜欢，却因为别人的看法而选择了退却。现在想想真是非常可惜。

　　爸爸康复以后给自己列了很多的计划，自己也会一件一件地去实现它。比如爸爸下定决心要完成这本书，这也是爸爸的第二本独立完成的图书。比如爸爸曾经以为自己是惧怕水的，曾经希望挑战一下自己就去报了游泳班。结果几节课就学会了蛙泳。爸爸接下来还会继续学习其他的泳姿。爸爸还想去学架子鼓、学钢琴，去世界各地感受当地文化，听演唱会、吃全世界最有名的美食。我想这场疾病带给我的一份礼物之一，就是让爸爸重新拥有了相信的力量，并且获得了执行力。我想无论今后确定了自己想要做的是什么，无论这件事在别人看来是多么可笑或者不可实现，我都有信心去完成它。因为我知道什么样的人生才是有意义的，我可以追求也有能力去追求我想要的，年龄从来都不是问题。既然爸爸都可以这样想，也能这样做，我想你一定也可以。

　　小伙子，以你现在展现出来的天赋以及英俊的外表，我相信，你一定能让自己的人生更加精彩！爸爸期待你绽放的每一刻！

第三章
跟病友们唠唠嗑

1 给病友的一封信

亲爱的病友，请允许我这样称呼有缘见到我这本书的每一个身患所谓不治之症的病友。

想给大家写这样一封信是我一直以来的愿望。因为在我诊断、治疗、康复的过程中，我有很多的故事以及经验、教训想跟大家分享。当然我的经历仅仅作为一个参考。就像我在全书中会多次提及的，我们每个人都是独立的个体，我们的病情也都不一样。谨慎参考别人的具体诊疗方案，正确的理念是学习每个成功的人背后的正确理念，用于自己的个性化治疗。目前，我的恢复情况不错。我现在已经恢复了跟正常人一样的生活，现在在一家大型国有企业担任法务部负责人，承担着也许比一般人还要大一些的工作强度以及压力。对一个癌症患者来讲，做到这一点不太容易。自卖自夸不是我想要的，我要做的是传递正确的理念。当然我也经历了所有病友都会经历的无知、迷茫、恐惧、无助等阶段，我知道我的一些经验与教训对大家是有益的。如果我所讲述的内容恰好有一点能够帮助到你，我写这本书就很值得了。

我先介绍一下自己的病情。我是 2017 年 7 月在体检过程中发现左肾存在占位的情况，肿瘤大小约为 2.7cm。占位在医学上称为占位性病变，是医学影像诊断学中的专用名词，通常出现在 X 射线、B 超、CT 等检查结果中，是指被检查的部位里有一个"多出来的东西"，这个"多出来的东西"可使周围组织受压、移位。占位性病变通常泛指肿瘤（良性的、恶性的）、寄生虫等，而不涉及疾病的病因。占位性病变根据性质不同可分为恶性占位性病变和良性占位性病变。恶性占位性病变主要包括癌、肉瘤等，其中常见的是癌。肉瘤是一种来源于血管内皮细胞的恶性肿瘤，比较少见，但一般不会到处转移，生存期比癌时间长。良性占位性病变从大体上可分为囊性占位和实质性占位两种类型。囊性占位性病变主要包括囊肿、脓肿等，其中囊肿较常见；实质性占位病变主要包括血管瘤、细胞腺瘤、局灶性结节性增生、局灶性脂肪肝、炎性假瘤、瘤样增生等，其中以血管瘤最为常见。

发现占位性病变后，首先要定性论断，即确定病人占位的性质，是良性还是恶性。各种影像学检查不但可以配合定性论断，还可以进行定位论断，也就是进一步确定占位性病变的位置、大小、数目及其与周围组织的关系，定位诊断最常用的是CT、核磁共振扫描成像、B超，必要时可应用动脉血管造影，为能否手术治疗提供依据。

当时我刚刚三十一岁，对癌症以及癌症治疗几乎一无所知。一方面是国内本身的癌症治疗宣传与教育就很少，另一方面身边几乎没有罹患此病的亲人，以前我从没想过有一天我要跟这样的肿瘤君进行战斗。经确诊后，我很快进行了微创手术，对病灶部分进行部分切除手术，并最终保留了整个肾脏，手术比较顺利，肿瘤包裹完整，没有出现转移的情况，直到现在我的腰部依然有三个清晰可见的微创孔。比起之前的传统治疗，这已经是相当大的进步了。同样的病情，放在十年前，仅仅手术后就需要卧床十四天，完全不能活动。而微创手术后我几乎在一周多的时间里就恢复到了能够下床的地步。根据活检的结果，我是肾透明细胞癌一期二级。

在这里先简单跟大家讲一下癌症的分级分期情况。肾癌根据病理是一个重要的评判病情的指标，也是评估预后的一个重要指标。根据WHO分级标准，肾癌分为四个等级，等级越高意味着病情越严重，预后效果也就越差。而肾癌的分期也是预后的一个重要指标，分期的标准基本是来自美国癌症分期联合委员会（AJCC）指定的TNM分期系统。按照我的理解，对病情的评估需要结合分期、分级以及病人的个体状态来综合评估。

根据上述情况，我的分级分期属于癌症的疾病早期，也就是说我是不幸中的万幸。我检查出癌症的起因其实是一次计划外的查体。在疾病还处在初期的时候我就能够及早发现，肿瘤没有太大，没有扩散，更没有生成癌栓塞，而且治疗也较为及时。如果说癌症有最有效的治疗方法的话，我想早诊断早治疗就是这样的方法。然而并不是每个病友都有这样的运气。我接触到的一些病友，可以说是大部分在发现疾病的时候已经处于癌症的中晚期，而这样的情况对预后是有较大影响的。后面我将详细的给大家讲述按时体检的重要性。

回头想想，如果没有那次体检，我可能半年后才会去查体（因为身体状态很好，我不可能意识到身体已经出了大问题），而疾病的进展是很快的，从我上一次查体到查出罹患癌症，仅仅是半年的时间，而肿瘤已经有3cm左右。如果耽误半年的病情，我的情况可能会更加糟糕。也许我就会错过最佳的治疗机会，我的愈后就会更差。因此我要感谢我的儿子以及那位常常催我购买保险的亲人，虽然最终我没能因为商业险受益，但至少对我早期发现病情起了至关重要的作用。

每一个罹患癌症的病友都有自己的故事。当突然被诊断出癌症时，每一个人基本都会被无助、委屈甚至愤怒占据，我也不例外。我们的人生瞬间都变得昏暗起来，因为死亡的威胁是任何其他的事情都无可代替的。因此在我术后两年多，我想我有必要简单跟大家进行一下科普。然后以一个过来人的心态告诉大家，当你被查出罹患癌症后正常的心路历程以及如何应对，如何能更有效地开展癌症的诊断以及治疗。在与死神进行博弈的过程中，迅速反应往往是比较关键的。

我之所以下定决心跟大家讲讲这个故事，是因为在我被查出患病后，为了了解自己的情况，我从网络以及众多书籍中检索了很多信息。这众多的书籍包含着很多成功或者失败的案例，我想如果我能系统地梳理一下，也许会更有普适性。因为这样的书籍与信息中，太多专业性的名词，太多个性化的情况。我想传达给各位病友的，是在科学理论支撑下，如何更简单，更容易地了解自己，并根据自己的情况研究最适合自己的对策。

我读过的书有这么几类，第一类是疾病科普类，告诉你什么是癌症，癌症的基本情况，发病率，等等；第二类是个别病友的诊断、治疗、康复之路；第三类是所谓的防癌、治疗癌症的方法；第四类是某些坚强的病友写给身边人的告别信。在这里如果你是一位刚刚被确诊或者仅仅是被怀疑的患者时，我并不建议你了解太多的信息。当然除了极少数能够冷静应对的病友，大部分人是没有心情，也没有欲望去了解这些的。这时就会出现一个严重的问题，很多的病友会选择走极端。第一种是极端乐观,认为自己没有问题,不会患癌,肯定是误诊,即便是癌症我也是最轻的,我肯定能战胜癌症,这样盲目的乐观往往导致对病情不够重视,会延误治疗效率。第二种是极端悲观,我听说过的很多病友,在被诊断后采取放弃治疗甚至轻生等极端做法。以上两种极端都对疾病的诊断以及治疗非常不利,如何用一种正确的心态来应对疾病,在我个人看来,关乎你是否真的能战胜疾病,至少关乎你治疗的效果,所以不可谓不重要。

各位病友,不管你的身份如何、地位如何、经济条件如何,当原本健康的人突然罹患癌症时,大家都是难以接受的。我想没有任何一个人能够在突然罹患时能够泰然处之。即便表面冷静,内心也早已波澜。李开复老师在他的书中曾经提及,人在面对疾病、死亡、悲伤等重大失落时,会产生五个阶段的心理反应——否认、愤怒、讨价还价、沮丧和接受,我用自己的经历验证了这个理论。患病后的情绪波动是正常人都会有的正常现象!

正常归正常,更重要的是我们应该知道如何去面对,如何去调整!我想这个时候我们需要做的就是在那一刻让那个真实的自我充分地发泄出来。

我们不是圣人,更不是神仙,我们都是普普通通、实实在在的个体。这个时候所有的委屈、所有的恐惧、所有的不甘、所有的不舍、所有的情绪,都可以发泄出来。你可以嚎啕大哭，你可以躲到一旁哭泣，你可以一个人发呆，你可以扑到亲人、朋友的怀里痛哭，就让那个真实的你释放吧！生命对我们太不公平了。为什么我们就要患上中彩票概率一般的病呢？而不幸的是这种病在现有医疗条件下是"无法治愈"的。所以我们要允许那个受了委屈的真实的自我放纵一次。

我不是让你采取极端的方式，而是建议让你的情绪进行一定程度的宣泄。在这个时候你的自控力可能对你没有任何帮助。这样的宣泄如果你能适可而止，实际上为你能冷静地应对眼前的局面腾出了空间。当然这个时间很多人用了一周，也许有的人会更长一些。但是请各位病友记住，我们的疾病不会给我们太多的时间。就我所了解到的癌症，都在其成为显性后进展相当快（一些老年人的癌症进展会相对缓慢），所以我们可以允许自己情绪的宣泄，但是我们必须跟时间赛跑。请尽量缩短这个过程，因为后面我们有一条充满荆棘的路要走，死神并没有给我们留下多少时间。

一开始我是没法接受我的现实的。三十岁刚刚出头，研究生毕业，在律师行业刚刚站稳脚跟，有一个美丽的妻子，一个可爱的儿子，近两年坚持健身，有一身算是健硕的肌肉，怎么想都不会是我。但这就是事实，其实CT检查后我就意料到结果可能不好。但是我抗拒这个现实，当我不得不接受的时候，我选择一个人痛痛快快地哭了一场。我想到了我的儿子，年迈的父母，虽然常常争吵但本质善良的妻子，我所有的好友，我过去的所有美好的回忆,我觉得我就要失去这一切了,他们会怎么办,他们会不会很伤心……在手术前的一周我就在确认病情以及各种心理斗争中度过。我让自己基本发泄出来,我后悔在父母面前、朋友面前没有选择真实面对,而是无声地告诉他们我的焦虑与痛苦。其实我完全可以在他们面前展现那个已经有点崩溃的自己,而不是硬撑着说我没事。我哪里是没事,其实我有事。我摊上了大事!

请再次记住,以上这个情绪宣泄的过程越短暂越好。因为只有当你宣泄完后,才能真正地开始理性看待自己眼前的情况。同时还要注意,不要指望一段时间的宣泄就能让你完全理性地面对病情。这个过程很有可能会反复,有可能因为你的病情进展,有可能因为你生活的不如愿,有可能仅仅因为你的邻床睡觉打呼噜,这个时候每一个人都是相当敏感与脆弱的。但是如果你能掌握在一个时段调整好自己,那么我相信你已经掌握了正确调节的方法。让该来的都来吧!不怕!

这之后你要弄明白:我怎么了?我得了什么病?我的病处于什么程度?我要做哪些检查?我怎样才能得到最好的治疗?这一系列的问题等着你去解决,而这些问题的解决为我们最终康复,最终能与癌症和平共处奠定了基础。这里我谈论的是较为理性的情况,极端情况则需要极端处理。

在最初的宣泄期过后,我们要做的就是重塑所谓生的意愿,也就是我们的求生欲。求生欲越强,我们越是能让自己冷静下来，更科学地看待我们的疾病，从而选择一种最适合我们自己的治疗方式。

生病之后，我突然发现这个世界原来那么美好。原本处处是嘈杂喧嚣，在那一刻突然觉得只是完美图画中的一点点色差。父母不再是只会唠叨的老人，妻子不再是那个高高在上不在乎我感受的公主，儿子不再是那个虽然只会咿咿呀呀却能把人折磨疯的小恶魔，身边所有的一切都亲切起来。我还有好多事没有完成，我还有很多地方没有去，我还有好多重要的人没有见到，世界如此美好，我怎么能撒手而去呢？不可以，我要活下去，我要战胜疾病！回头想想我当时建立起来的相对脆弱的自信就是从发现身边的美，舍不得身边的人开始的。

每个人都不尽相同，无论是什么方式，凡是能让大家树立起生的欲望，能建立起战胜疾病的信心，都是可以去做，可以去想的。

好了，求生欲有了，战胜疾病的信念有了，接下来要怎么具体去做呢？

首先从了解你自己、了解你所遭遇的疾病开始。在这里我首先要声明的是，我是相信现有的医疗技术以及手段的，而且我信任我选择的每一位医生，在他们面前我对疾病一无所知。显然对我来说，最理性的做法就是选择相信，相信各项检查结果，相信我选择的医生会给我最好的治疗，这个时候与医生之间的良性互动是有百益无一害的。当然在面临疑难复杂的病症

不畏死生
——一个奶爸的抗癌笔记

时，在不耽误治疗的前提下，大家可以选择多咨询几位专家，然后根据所有的信息做一个理性的判断。

　　这里我要批评几种病友。第一类是畏惧各种检查的病友。我们因为对自己不够负责或者运气不够好而罹患重病，如果我们仍然坚持自己的错误，也许我们会错过上天给我们最后的机会。我所见到的医务工作者都担得起"白衣天使"的名号，他们会结合你的情况给你最合适的检查，只有科学的检查才能更好地评估病情以及预后。我们不会再因为各类检查而恶化病情，反而是因为惧怕各种检查或轻视各种检查的作用让我们最终吞下苦果。请跟你的主治医生提出请求，请认真地帮我检查吧。

第二类是自以为是型的病友。这类病友虽然不抗拒检查，但是对医生的判断置若罔闻。不知道他们从哪里来的自信，一个一天没有学过医学的人能够跟常年诊治疾病的医生争论半天，还坚信自己的判断是对的，医生是在过度治疗，医生对自己不负责任。我想每个医生都有自己对疾病的判断，只要这个医生的职业道德没有问题，他的判断总归好过一个外行！所以请对你的主治医生充满信心，病友的良好心态有利于医生调动起自己的所有才华来帮助我们战胜疾病。

第三类是急功近利型病友。他们想把所有的治疗手段都用到自己身上，跟医生说："我不缺钱。有什么手段尽管来吧！"其实最适合自己的才是最好的，并不是最先进的就是最好的。请相信你的主治医生会给你最合适的治疗方案，请跟他说"我相信你！"

记得曾经见过一位病友引经据典地描述过这样一个道理，《史记·扁鹊仓公列传》记载，"故病有六不治：骄恣不论于理，一不治也；轻身重财，二不治也；衣食不能适，三不治也；阴阳并，脏气不定，四不治也；形羸不能服药，五不治也；信巫不信医，六不治也"。翻译过来就是：一是狂妄、骄横、不讲道理的人；二是只重视钱财而不重视养生的人；三是对服饰、饮食、药物等过于挑剔、不能适应的人；四是体内气血错乱、脏腑功能严重衰竭的人；五是身体极度羸弱、不能服药或不能承受药力的人；六是只相信鬼神、不信任医学的人。对于属于上述六种情况之一的人，不论中医还是西医都很难治好。请大家引以为戒。

我的疾病确诊基本是在三家大型医院进行检查后，统一得出的结论。我在整个诊断过程中极为配合，与医生进行理性科学的咨询，几位专家也分别从不同角度帮我分析病情，而且用其权威的解答化解了我很大一部分的焦虑。医生告诉我，我是可以与疾病共存的，我能够战胜疾病。

当医生完成自己的专业工作后，就需要我们的病友，根据已有的检查情况，医生的诊断情况，根据自身的情况去选择一套最适合自己的方案。因为我个人属于癌症早期，且手术指征都比较好，几位专家一致的意见都是尽快手术治疗，根据手术中的情况进行部分切除或根治性治疗（全切）。

我觉得有必要给大家做一个推荐。如果病友们被怀疑罹患某种癌症，如果你在最初的宣泄期后，能够冷静地面对病情，那么可以选择加入一个病友群（在这个阶段可能很多工作需要由家属来完成，因为上面我已经说过，这个时候病人是比较敏感与脆弱的，还有相当一部分病友身体状况也不允许上网，所以病人的家属这个时候很关键）。这样的病友群一般都由同种癌症的患者本着自助的目的建立，里面一般都会有非常热心的群主以及病友，大家大多是已经接受过相关治疗的人，在里面你可以咨询、了解各种治疗以及疾病的信息，甚至在病友的推荐下找到最适合你的专家或医院，后期你还可以与大家交流康复以及用药的经验。我个人是在手术后通过网络查询到一个病友群。虽然我不太愿意在群里说太多，但是看到有治愈多年的病友，也有像我一样在跟疾病斗争的人，我感到踏实很多。我在群里学到了很多癌症的知识，对我的康复以及心理调整起到了很明显的作用。

我想起了2018年上映，由徐峥主演引起强烈反响的电影《我不是药神》。故事以陆勇为原型，陆勇本人是一位企业家，然而命运并不因此就放过他，他得了慢性粒细胞白血病，而这种病分为慢性期、加速期和极变期。在慢性期间还可以使用药物尤其是一种叫格列宁的药物维持生命，但在加速期和急变期使用药物就无力回天了。病人只能面对死亡，除非通过骨髓移植或者化疗来延缓。然而化疗以及化疗引发的副作用并不是每个人都能够承受，骨髓移植除了费用昂贵之外，配型也极为困难，成功率极低。在等待骨髓移植的过程中，陆勇根据医生的建议，选择服用瑞士产的格列宁来控制病情，效果很好。但是陆勇多年积攒的财富也渐渐散去，这种药对于陆勇来说价格昂贵，对普通家庭来说就是天价。为了延续生命，他不得不寻找新的治疗方式，从韩国病友那里他得知一种印度产的"格列宁"。这两款药药性相似，但价格却相差很多。印度产的大约为4000元一瓶，瑞士产的为2.35万元一瓶。对于需要长期服药的病友来说，药品的高价格无疑是不能承受的巨大负担。这里存在一个道德上的矛盾。按说为研发这样的药品，医药企业付出巨大的时间以及经济成本，一款药物的研究成功理应给药企带来巨大的利润，同时国家也应保护这样的药企，这样也是变相鼓励了药品的研发。但是对于生命来说，商人的利益又该如何去衡量呢？印度便通过强制许可制度，默许了仿制药品的生产，为穷人制造药品，绕过了药品专利权这一被世贸组织认可的环节。陆勇在自己服用印度产"格列宁"一两个月后发现没有副作用，开始在群内分享自己服用印度"格列宁"的经历，并详细介绍自己如何购买药物。不少患者为了求生，找到陆勇，寻求帮助。替病友买药成了陆勇的职业。当然在电影中主人公替病友买药还赚取了暴利，但现实中陆勇没有这样做。而正是他的无私，在后来免予牢狱之灾。就这样陆勇为大家带药，很多病友的病情因此得到控制，数年间他也逐渐成了病友口中的药神。但后来因为向银行卡贩卖团伙购买银行卡以便于向印度制药公司汇款，陆勇被警方抓获。检察院以销售假药罪以及妨害信用卡管理罪提起公诉。如果罪名成立，十几年的牢狱之灾将残酷地等着他，但他个人一直坚持自己无罪。而在这时，一封有着1002名病友的联名信被递交到检察院，最终检察院决定不予起诉。在被关押117天后，陆勇被释放。"总有人不愿成为熄灭的灯塔，要做那唯一的光。"这是豆瓣上最发人深省的评论。作为律师的我不想在这里跟大家讨论这个案件背后的法律与道德问题，仅仅想通过这个故事告诉我们病友群的巨大作用。在信息传递方式如此先进的今天，我们更应该利用好这样的平台。只要是能给我们的生存带来阳光的手段，我们都可以充分利用。

当治疗方式确定后，我们要为手术做好充分的心理以及身体准备。各人病情以及身体状态的不同，手术的情况我就不再多说。有一点细节倒是可以跟病友们聊聊。我们的病情是否需要告诉很多人？这个问题要根据大家的情况考虑。就我个人而言，我从内心里是需要身边人关心的。大家对我的关心并不是我的负担，相反能缓解我的紧张、我的无助。因此在我手术前后，我的家人、我的好友很多人都来看望过我，手术时也有很多好友守在手术室外。家人跟我说我刚从手术室出来的时候还知道跟大家致谢，但是我一点儿都没有印象，可能就是下意识的吧？我很感谢这些亲人、朋友，是你们缓解了我的紧张与不安。所以自那场手术之后，如果我身边的亲友有人手术，只要时间允许我都会守在那里。因为只有我知道他或她想要什么，我在那有什么作用。

如果你是不幸罹患癌症的病友，如果你也与我一样需要关心、关爱，那么你可以说出自己的需要。这个时候我想爱你的人都不会拒绝。而正是这样的互助互爱才让我们这个社会更加美好与温馨，不是吗？当然如果你不是这样的性格，大家的关注对你是一种负担，则完全可以选择你喜欢的方式。

接下来要跟大家分享的是我在康复中的一些经验与教训，希望对大家的康复之路起到他山之石的引路作用。大家完全可以取其精华，去其糟粕！

首先是术后的疼痛问题。这个问题我是比较惭愧的。由于我是疼痛敏感体质，即便用了止疼棒，依然感觉那种撕心裂肺的疼，为了这个还被我小姨好好地说了一顿。我想各位病友都有对疼痛的耐受力，但最好的方法就是尽量让自己休息好。

一般手术后的疼痛会在一到三天就减轻，而且每天都是质的提升，这个时候要遵从医护人员的医嘱。请在这个时候收起我们的自负以及叛逆，做一个安心康复的乖宝宝，不然后果是相当严重的。这个时候家属以及陪护的作用至关重要，我会在写给家属的一封信里详细提及，所以这本书有必要给家属读一读。本书绝对是缓解病痛的良法！哈哈写了这么多沉重的内容，吹吹牛缓解一下大家的紧张情绪。

关于康复中的饮食以及其他注意事项我就不跟病友们多说了，有些细节我会提示给家属，这里就不多说了……

至于整个疾病以及身体、心理的康复我会再以另一封信的形式告诉大家！

2 做一个聪明的病人

看病这件事，记得之前在癌症互助群里看过一篇网友推荐的相关文章，我觉得总结得很全面，在这里我简单整理一下分享给各位读者。作为病人或者家属如果能从其中窥得一二，将大大提高看病以及住院的效率。效率往往对癌症患者来说意味着生命，要科学选择看门诊的时间。还是那句老话，再小的事情到了中国，考虑到我们的人口基数都是一个无比大的问题。

首先在时间选择上，要反其道行之。也就是说，你觉得合适的时间，往往也是别人觉得合适的时间，门诊人数将会很多。一般要避开一个时间：星期一上午。我想但凡住过院或者周一去看过病的人都体验过那种忙活与拥挤，所以尽量不要在周一去争抢那本就有限的资源。通常来说上午看病的人多，下午少，周一多，周五少。到了周五的下午，基本看病的人就很少了。还有一个时间也是人会比较少的，也就是恶劣的天气。当然你要评估自己是否适合这个时候出行看病。

看病前的准备：

（1）请在看病之前，回顾一下自己的病史，从什么时候开始发病？发病的时候有什么感觉？

（2）回想一下是否对药物过敏。药物过敏史对于医生来说非常重要。如果你在以前用某种药物出现过严重的不良反应，请记录下来，在看病的时候向医生咨询是否属于药物过敏。如果是，请医生在你最常用的病历封面上写下过敏的药物名称。

（3）回忆一下曾经接受过的治疗，以及正在使用的药物和药品名称。如果你还能找到药物的说明书或者空的药瓶或者剩余的药物，请带上它们。

（4）带齐以前的病历记录，曾经做过的检查结果。每次看过病后，也请收好所有的检查结果和病历，有些检查结果是由热敏打印，时间久了容易褪色，请复印一份保存。（病友们，这点对我们也很重要。）

准备用品：

（1）带上信用卡和足够的现金，有些医院不支持刷卡，而取款机排队的人可能很多。注意看管好自己的随身财物。

（2）带好身份证、社保卡、医疗蓝本、退休证、离休证、医院的就诊卡等一切跟医保可能有关系的东西。平时除了身份证，这些东西最好专门使用一个透明塑料文件袋放在一起。

安排好病假当天的事务：

（1）请好病假，安排好当天的工作。如果是去看急诊或者自觉比较严重的器官功能问题，比如严重的心前区疼痛、视力突然丧失等，带上手机和充电器，有可能会需要住院或者留院观察。

（2）最好能够找个健康的伙伴陪同你去看病。

（3）预计前往的时间，不要在上午11点以后或者下午4点以后才去医院挂号。一来恐怕没有号了，二来虽然看了医生，但是到需要做检查的时候，已经过了下班时间，其他的科室已经没人了。

穿着打扮：

（1）不要化妆。也许你会有面色苍白、黑眼圈，这些都没关系，这些恰恰是医生需要看到的，即便是去看那个很帅或者很漂亮的医生。

（2）尽量穿容易穿脱的衣物，比如上衣建议是开襟的衣服，而不是套头的衣服。

（3）袖子要比较容易挽起来或者脱下。比如冬天，最好穿厚实的大衣，而里面穿相对薄一些的衣服。

（4）口罩，如果有的话戴上，医院是疾病最集中的地方。本来你就处于比较虚弱的疾病状态，不要再感染了其他的疾病。口罩从医院回来以后要废弃或清洗，手也要好好洗。

检查确认上面的各种准备事项，带齐所有的东西，出发。如果能战胜疾病，就借助医生的力量一起战胜它。如果不能战胜疾病，那么从医生那里学会如何与自己的疾病共存。

3　康复之路面面观

关于康复这个话题，其实作为患者我还没有太多的发言权。因为我从患病至今，还只有两年半的时间。通常所说的临床治愈的时间标准是五年，而显然我还不够格。但是我自觉这两年中，康复还算顺利，一方面是因为我的病情相对很多病友来说要轻得多，另一方面我也比较擅长吸取前人的经验教训。通过各种阅读，吸取了很多有益的东西。

不畏死生
——一个奶爸的抗癌笔记

　　手术后一个月我就回到了工作岗位，至今在某地企业担任省级公司的法律事务负责人。当我知道自己患病之时根本不敢想会有今天。突然的重病让我在那段时间里放弃了对生活、工作的追求，但是随着病痛的减轻，随着越来越了解自己的病情，倾听自己内心的声音成为我回到"正常"工作生活中去的理由。

　　癌症病人是否应该重回工作岗位？我想这个问题就像分析我们的病情一样，需要根据病人自身的状况来决定。年龄，病情的分期、分级，治疗方式，病人的身体状况等都要考虑清楚。

　　如果病人的基本情况能够应付简单的工作，建议还是要考虑回到正常的工作当中去。当然也要听取主治医生的建议。我建议回到工作中去，是想让病友们能够得到一定的心理暗示，而不总是把自己当作绝症患者来看待。积极的生活、工作态度对病人心态的恢复是很有帮助的。

　　我是手术后一个月左右回到工作岗位的，恰巧因为工作变更，新的工作单位急缺人手，而我又总是会照顾很多人面子的人，所以在手术后还没有得到充分休息调整的时候我就回到了单位。其实从疾病的恢复来讲，我的做法并不明智。因为从罹患癌症，到手术、恢复，其实需要一定的时间来调整自己的身体以及精神状态，这个阶段如果能做好充分的准备，其实对整体的康复是很重要的。经历了这样一场洗礼，需要根据自己身体的反应来调整自己的休养时间。

是否回归工作其实也是心理调整的一部分。关于康复，我首先要谈的也是心态的调整。其实在之前的治疗阶段我也提到过这一点，之所以还要重提，是因为确实这是病人康复之路上的一只拦路虎。在癌症治疗、康复的初期，我们都或多或少犯过一些错误，这些错误也与我们的性格、经历等因素相关，无需苛求。唯一要求我们的就是学会尽快调整自己，回到正确的路上。作为病人我们已经失去了浪费时间的资格。病人自己以及家人应该营造一个最有利于病情恢复的外部环境，让病人全力以赴与疾病进行抗争。

4 改变错误认识从基础知识开始

我们要改变过往对癌症的错误认识，癌症绝不再等同于绝症。其实只要简单看看相关数据，就能明白这样的说法并非是为了安慰癌症患者编出来的温馨故事。我们国家每年都有上百万人因高血压以及并发症死亡，死亡人数可能跟癌症不相上下，但很少有人会因为自己患上高血压就放弃治疗或者精神上失去了生的毅力。很多的患者是因为对癌症的不了解，被"吓死"的。因为我们的免疫系统是很奇妙的，心理压力会显著降低我们与疾病对抗的效率以及质量。也就是说，过往对癌症的错误认识可能让我们在一开始跟癌症斗争的时候就面临信心不足导致满盘皆输的局面。我们要树立正确的理念，认识到癌症是可防可控的。如果我们不幸罹患癌症，那么我们要追求的不是与癌细胞拼个你死我活，而是在我们自身特有环境下与癌细胞共存，利用现代先进的技术以及药物，做到将癌症转变为慢性病，将抗癌变为慢性病的治疗。如果我们都能从内心接受这样的理念，很多的心理压力、绝望、愤怒都会很好地转化为生的欲望。既然我们都还有得救，那么何不用这宝贵的时间让我们更好地了解自己，更好了解怎样才能让我们更好地活下去，更有质量地活着呢？！

重要的是，我们要重新认识自己。前面我已经提过，除了遗传因素、不良习惯以及外部因素外，易癌性格是导致癌症的一个重要诱因。虽然性格是很难改变的，但请记住只是很难而不是不可能。尤其当一个人面临生死抉择的时候，向死而生的求生欲会让我们成为一个不一样的自己。

所有的病友们都在患病时经历了一场灵魂洗礼。我希望大家不要仅仅停留在埋怨生命之不公，我们要将这场洗礼推进得更加深入。只有彻底反思自己，我们才能从根上找到致使我们罹患重病的心理因素，改变它或者调整它。为我们即将开始的康复之路铺平道路。如果你在心理上做好了准备，很多具体的康复计划就会事半功倍。如果你没有做好心理上的应对，再好的康复方案也很难成功。病友们不妨给自己多点时间，先收拾好行囊。我们有很长的康复之路要走。

再来看看所谓的易癌性格：性格内向，表面上逆来顺受、毫无怨言，内心却怨气冲天、痛苦挣扎；情绪抑郁，好生闷气，但不爱宣泄；生活中一件极小的事情便可使其焦虑不安，心情总是处于紧张状态；表面上处处牺牲自己来为别人打算，但内心又不情愿；害怕竞争、逃避现实，企图以姑息的方法来达到虚假和谐的心理平衡。既然我们知道了具体的表现，就要尝试去改变。每个病友都会有自己的判断，然后我们就要尝试使用一套适合自己的方法去调整，要放下心中的执念，学会接受，学会发泄，学会放松。当然我没有办法给大家开示很多，毕竟我不是什么大师，而我至今也没有把这个调整的过程做得很好。但是我意识到了，努力了，改变了，或者在我的不良情绪即将发作的时候我学会了启动安全阀，能够及时地提醒自己要注意。我希望大家的调整会比我更好。

5 不打无准备之战

心态上做好准备后，我们要有一套适合自己的康复方案。我们需要结合自己的病情，医生的建议，甚至你的经济条件来综合考虑，既不要马虎大意，也不要过度治疗与康复。

很多病友也许会问：我又不是医生，我怎么来判断呢？其实一个最简单的道理就是用心感受你身体以及每一个器官的反应。

好的康复计划一定是让你整体上在恢复。我们康复的目的，是让整个身体的状态能与癌细胞和平共处，改变当初引发癌症出现的内部环境，然后长时间去保持这样一个良好的环境。本着这个原则总归是没有错的。我建议遵从医生的康复建议，但是我们的医疗资源太有限了。一方面很多医生没有时间跟病友们详细讲如何康复，另一方面我们医生的重点更多放在治病上，至于康复方面未必比我们自己懂得更多。病友自己可以多方咨询，寻找最适合自己的康复办法。要注意不要过度治疗以及用药。现在很多的医学研究对化疗以及放疗的必要性提出质疑，过度的治疗有时会对病情起反作用。康复阶段也是如此。

有的病友，经济条件比较好，但凡我们能听说的保健品、补品一应俱全，灵芝孢子粉、人参、胡萝卜素、大蒜素，等等都在用。其实从疾病康复来讲，这些东西都没有明确的治疗机理。如果说这些保健品还算是有益无害，很多所谓的大师推荐的诸如饿死癌细胞啊，气功疗法啊就真的会要了你的命。于娟老师在《此生未完成》中有过专门的文章来介绍。我无意对逝者有任何的不尊，直到今日于娟老师依然是我心目中的抗癌英雄。但在这个问题上我很难相信有着高学历的于老师夫妇怎么就会相信所谓的神医。我想如果没有神医的骗局，也许凭借于老师坚强的毅力是可以战胜癌症的。但是一切事情都没有"如果"。我引用于娟老师在书中的一段话，再次警示各位病友，请相信现代医学以及科学，不要拿自己的性命开玩笑："同志们，请围观我真正的愚昧，请围观我的黄山受骗记。我是周身满目疮痍的晚期病人，同时我是昏头昏脑上当受骗的典范。切切不要走我走过的路！"从患病之后我很少再怨恨什么人，但是对这个贪财害命的所谓杨神医，你的良心真的能过得去吗？要知道你的病人都是已经身处生死边缘的癌症患者（如果有病友仍然要相信有这样的神医或者你的家人或者朋友推荐给病友这样的神医，请仔细读读于娟老师用自己的生命留下的告诫）。无独有偶的是凌志军老师也在治疗的某阶段与神医相遇，靠着牛筋汤和开胃汤来治疗极其凶险的脑部肿瘤。而凌老师在一开始就怀疑的前提下还是服用了很久，幸好他没有出现大问题。如果因此而耽误治疗，恐怕就没有《重生手记》这样的优秀作品了。这里我并不是标榜自己比上面两位抗癌英雄更明智，只是我的病情相对较轻，还没有大师们的用武之地，也许只是我交际范围有限，没能与这样的大师相遇。面临生死，我何尝不是想得到救命之法呢？网传当年乔布斯为治病甘愿食用马粪。难道这些曾经的天之骄子们集体失聪了吗？相信并不是。只是病痛以及人们原始的求生欲会让人们抛弃以往的凡思俗念。别说马粪，如果有人证实人的粪便能够治愈癌症，我相信愿意尝试的人也不在少数。然而现有的医学技术以及科学论证，都无法提供一种能够治愈癌症的灵丹妙药。倘若这样的神药仅仅能强身健体还好，如果耽误了病情就得不偿失了。

6 要不要相信中医，如何利用好中医

中医到底能不能治疗癌症呢？从与癌症不期而遇的两年间，我也一直在思考这个问题。我不是专家，所以不会给大家大包大揽的说行或不行，我只说我自己的感受。治疗癌症我自己是不敢用中医的，就像中药在国际上很难推行的道理一样。中药的成分比较复杂，很多成分以及药理都是无法测定的，而西医的治疗原则是让整个治疗过程可检测、可控制。我之前也是一个中医的笃定支持者，认为西医都是过度治疗，却对那一碗碗的苦水乐此不疲。在患病前的一段时间，为了补一补我"虚"弱的身体，为了能怀上宝宝，我还找医生专门调理了一段时间。直到后来看到权威科学杂志 SCIENCE 子期刊《科学转化医学》关于马兜铃酸（众多中药中可能具有这种成分）及其衍生物对肝癌的影响一文，我才意识到乱用中药可能是会出问题的。所以对于癌症治疗，手术依然是最安全、最有效的治疗方式。只要手术指征没有问题，尽快手术，清除病灶才是王道。

至于中医我们可以放在康复阶段，让这一国学发光发热。中医及其重要的不确定性，并不影响在康复阶段对我们的健康产生有益的影响。

我个人的经历是一个很好的证明。经历了西医的手术以及

药物治疗，病灶去除了，但我的身体也虚弱到一定程度。中医的阴阳调和以及休养生息的理念是最有利于身体恢复的。这个时候完全可以双管齐下了，只要有利于康复的，不管中医西医，能有利于我们身体恢复的就是好的。康复阶段我喜欢学习的习惯又发挥了很大的作用，简易版黄帝内经以及病友们推荐的一些方法，我都乐于去学习，去尝试，尤其是中医的脉络之学。手术后我们经常遇到的是身体各个部位的不适，这个时候如果我们懂得身体经历了什么，整个身体的内部机能遭遇了什么变化，然后用中医最简单的推拿就会起到很大的作用。手术后的一段时间，我经常是各种的不舒服。当我明白可能是哪些不适的机理后，就用泡脚、食疗、药熏、推拿等中医最基础的方法，化解了很大一部分的病痛，而且也治疗了精神上的焦虑。我开始明白，原来我们的身体是那么的神奇。当读完我们老祖宗留下来的这些精神财富，我才发现原来我们患病都是有原因的。先人们很早之前就总结了这些原理，而我们竟然不愿意或者不注意去发掘，以至于患病后才意识到保养的道理。

中医的这些调理方法，都需要长时间的坚持，不像西医那样有立竿见影之效，所以修身的同时又可以养性。

下面我总结了一些基本的康复修养原则。

首要原则是要调整好自己的心态。癌症不是绝症，既然在癌症治疗最为发达的国家都将其列为慢性病，我们也要接受这样的一个理念。当我们能从内心接受这样的科学论断后，就会有效地

不畏死生
——一个奶爸的抗癌笔记

缓解我们的绝望以及紧张，良好的心态是康复路上的基础。

在最开始的日子里，当身体允许我可以阅读后，我阅读了大量的关于癌症以及癌症治疗类的书籍。一方面我对所患的疾病以及治疗有了更深的认识，了解是化解无知导致的恐惧的最好方式；另一方面看到许多人抗癌成功，我增加了战胜疾病的信心，有时候也会转变我自己的观念，比如慢慢接受要与癌细胞和平共处，而不是你死我活。后来我开始有意识地去观看一些励志类电影，我想身处当代的我们，很难有机会、有时间主动让自己安静下来，而有些时候疾病不得不让我们被动地停下来。虽然很不幸，但是我们不要放弃这难得的心灵洗涤的机会。因为这个时候我们比任何时候都敏锐，比任何时候都乐于接受各种人间温暖以及正能量。

我印象深刻的是，我刚刚出院回家的时候，每天会看一集日本的连续剧《深夜食堂》，每次看完心里都倍感温暖。我想那份温暖是我患病前无论如何也无法体会的，包括我看过多遍的《阿甘正传》《当幸福来敲门》《达拉斯俱乐部》等，不知道是不是患病后让我的神经更为敏感了，我竟然看出与以往不同的感受。而无一例外，我在这些电影里总能汲取很多正能量。我发现我从一个看热闹的人变成一个真正明白导演或者编剧内心的人。在这个过程中，我曾经放肆地笑，也曾发自内心地痛哭。我发现我可以利用电影情节来充分释放我的情绪，建议有条件的朋友也可以试试，可能会有很奇妙的事情发生。到时候我们可以一起分享。还有一点我特别想跟大家分享，就是我们所说的"舍得"。我们在人生的开始阶段总是习惯得到，而不愿意舍弃，其实对我们来说更重要的是珍惜现在拥有的人和事，得不到的暂时不要去想，失去了的，就赶紧放下吧。有些事得过且过，有些事该忘就忘。不要因为一时的失意就放弃了所有的生活乐趣，更别把太多的苦与悲伤藏在心里，我们的生活本来就辛苦，生病了更是如此，就让我们得过且过，该放就放吧！也许有的朋友读到这里会感到有些晦涩。但是如果你有所经历，一定有所感悟。希望大家都能拥有一个好心态！

要找到适合自己的休养之路，忠实自己身体的各种反应。凌志军老师说癌症患者要做好吃喝拉撒睡，我个人深以为然。说实话作为病人我们曾经失去过这里面一个或若干个元素，还记得当我手术结束后，由于插管以及便秘等因素，排便这个简单的事情困扰了我很久。以至于当时我就发誓，只要让我好好排便，让我干什么都行。玩笑归玩笑，一个健康的人是无法理解为什么这些人生存最基本的事情对一个病人尤其是一个癌症病人是如此重要。首先只要吃喝拉撒睡不出现大问题，一般人就不会有生死之顾虑。回头想想我身边的案例，但凡后来结果较差的，肯定在上述问题上会有反应。如果你能做好上述五项，我可以负责地告诉你：没事，别拿死来吓唬自己，还远着呢！

关于吃，我想我是没有多少发言权的。其实健康饮食的理念无需我多说。清淡，低盐低脂，多吃蔬菜、水果，多吃天然食物，等等，只要营养学上提到的也必然是癌症患者吃上应该注意的问题。我无意告诉大家具体如何去吃，只是帮大家梳理一些理念。关于癌症患者如何吃的话题，有人真的写了一整本书去论述。在我看来，除了营养学的理念外，别的东西都有伪科学之嫌。到现在为止没有任何一个专家，一个科研机构出来告诉我们什么东西有明确的抗癌机理，至少我还没有听说过。曾有人写过一本书，靠淋巴排毒以及食疗治愈了四种癌症，这本书我买回来读了几页就放在了书架上。没有扔掉它是我愿意相信这位阿姨真的有不俗的抗癌经历。但是如果说书的内容，跟之前的那些大师没什么区别。癌症患者吃这方面无需太多的理论，简单的营养学就足以解决。营养且好吃即可，而且更为重要的是我们要学会控制，形成习惯。在这里我要好好批评我自己。我在患病两年后就开始放纵了，曾经严格要求不再摄入的很多东西，也抵不住诱惑开始进食，而我的体重也开始增长。肥胖是肾癌的重要诱因之一（我写书的一大作用就是提醒自己，要重新开始控制自己的饮食了，我可没有资本再去吃那些垃圾食品）。阻碍我们吃好的一个重要因素就是我们自己。请大家避免走我的老路，坚持健康饮食。这里我参考凌志军老师的几点建议给大家，凌老师明显经济条件较好，性格也较为细致，我们只要习得精髓就好——足够杂，足够素，足够粗，足够自然。再给大家看一下美国的研究结果，美国哈佛陈曾熙公共卫生院（Harvard T. H. Chan School of Public

Health）曾进行过一个数百万人，跨度为期三十年的研究，通过大数据的研究得出一条终极健康"秘籍"——成年之后拥有以下五个习惯将很大程度上避免病魔侵袭，保持健康：吃得健康，经常锻炼，保持健康的体重，避免饮酒过度，不抽烟。与拥有最健康生活习惯的人群相比，拥有最不健康的生活习惯的人群罹患心血管疾病的风险增高了82%，而罹患癌症的可能性增高了65%，平均预期寿命减少了10年。

戒烟限酒好理解，但怎么吃？怎么锻炼？什么是健康体重？癌症特异性世界癌症研究基金会/美国癌症研究所（WCRF/AICR）给出了推荐答案。

1）拥有一个健康的体重，即BMI值保持在$18.5\text{-}24.9\text{kg/m}^2$。2）每周保证150分钟的中等强度运动。3）避免含糖饮料。4）多吃蔬菜水果，每天最少400克。5）限制摄入红肉，每周不超过1斤；避免加工肉类。6）限制酒精饮料的摄入。7）保存，加工，制备食物时，限制盐的使用，避免食用发霉的谷物或豆类。8）不推荐随意服用膳食补充剂，尽量通过饮食满足个体的营养需求。

接下来我们讲讲喝。癌症病人是绝对不能再摄入酒精的，这点我又要批评我自己了。两年多的时间我喝过三次酒，而酒精是诱发癌症的另一大诱因。写到这我感觉自己有点不要命的意思了，看来写书的作用还是极大的，今晚必须面壁思过，再动酒就把零花钱全部交公！其实很多病友是没有这样的担心的。这里说的喝主要是饮水，每天摄入足够的水分是我们的身体所必须的，这里不想再把喝水当成大家的负担，但是还是要提醒大家，喝水这件小事需要我们坚持，不要等到身体有了反应才去喝水，定时定量的补充水分，很多人调侃现在有的年轻人像老了一样，手里拿着茶杯，里面还泡着枸杞，其实没必要在意别人的看法，只要对健康有好处，再放点花椒也是可以的！等我一下，我去喝点水，一会儿回来！

好了，接下来谈谈拉与撒。这个问题听起来有点不雅，但是却对健康极为重要，甚至有利于我们提前发现或者判断病情，身体是不会撒谎的。对于我这样的肾癌患者来说，撒是件很重要的事，就像大人从小就会教育小孩子不要憋尿一样，医生的医嘱里面也会明确的告知，不要憋尿，我们的肾脏已经负担很重了。很多患者甚至只有单侧肾脏，及时排尿是非常必要的，借用一句深入人心的广告词，排出毒素，一身轻松，而且我们要有意识地观察尿液的量以及颜色，量太多或量太少，尿液颜色不正常，甚至有血色，往往证明我们的身体出了状况，尿隐血就是肾癌临床的一项重要指征。至于拉也是一样的，其实如果注意了吃，在身体没有其他病灶的情况下，一般不会出现问题，但是我们也要注意观察。我太太的爷爷本来身体非常好，八十多岁仍然健硕如牛，饭量惊人，但是突然有段时间饭量下降了，后来住院后才跟家人说，大便有血有段时间了，就这样错过了最佳的诊疗时机，老人最终没有熬过去，这也告诫我们要有意识地观察大便的颜色，尤其是病人，而且在发现问题后不要难以启齿，及时与家人或者医生沟通，讳疾忌医是最不明智的。

最后我们来谈谈睡。其实我认为这是最为关键的因素，李开复老师当年为了能好好睡，听从大师的意见将床与花园的土地之间还建立了联系，所谓充地气，我们也能看出睡眠对一个人的健康有多大的作用。除了病态的睡眠，我们的自然睡眠是最好的天然药物，良好的睡眠有助于身体的恢复，免疫力的修复与提升，而免疫力是我们与癌症斗争的最有力武器。作为病人能够康复很大程度上取决于我们的睡眠质量，而即便是健康的年轻人也要注意，现代社会的压力与干扰太多，有几个人敢说自己拥有良好的睡眠质量呢？所以一方面我们不要给自己太多的压力，压力越大，睡眠越差，另一方面我们要创造一切有利的因素促使我们拥有良好的睡眠。睡前泡脚，一包热牛奶，熏香，沐浴，或者营造某种仪式感，轻柔的音乐，只要能提升睡眠质量，做什么都不过分，其实很多时候睡眠要解决的是个心理问题。这里要跟大家分享一个小妙招，就是我们要学会利用一些空闲来提升睡眠，比如中午的午睡，下午一会儿的小憩，等等，慢慢用这些小段时间的睡眠来调整整个休息时的状态，愿各位病友以及读者都能拥有一个健康的睡眠！

好了，我要去实践整个理论了，晚安，明天见！

好了，我又回来了，继续跟大家分享。昨天说到饮食的问题，今天觉得还有些经验可以跟大家分享。在我手术后的一段时间，为了能尽快恢复体力以及健康饮食，我自己坚持做过一阵综合果蔬汁以及五谷杂粮粥，自觉对身体的恢复大有裨益，具体的做法其实很简单，因为现在大家都有榨汁机以及综合料理机，无论是果蔬汁还是粥都是很容易做的，之所以我会自己来操作，一方面是让自己动起来，让手术后的身体开始慢慢适应，另一方面自己动手做出来的东西格外香。除了我自己喝，我还会给家人准备。还有一点是需要提醒大家的，就是要坚持，一天两天，一周两周是不会有多么明显的效果的，如果坚持上一个月呢？效果就来了，当然如果你的家人或者你自己恰好是个美食家，那么不妨再自己设计多种的营养汤或者营养餐，我想会给你的生活以及健康增添多一份色彩。

刚才提到要让自己动起来，那么今天就接着这个话题跟大家聊一聊，也就是康复的第三个原则——**让自己动起来**。

癌症患者一般在能够手术治疗的时候都会选择手术，那么手术后是否还能运动呢？我个人的体验是在医生明确医嘱静养的日子里，是绝对不要冒险去运动的。一方面伤口的愈合是需要时间的，我的医生就跟我说过有病人因伤口崩裂二次进手术室的。另一方面经历过手术，身体往往比较虚弱，这时候我们的抵抗力、免疫力都需要时间来恢复，这个时候静养无疑是最佳的方式。但是作为病人一定不要总是躺在床上，无论是身体各器官的功能恢复，还是一个人精神状态上的恢复都需要我们动起来。当然运动的方式以及运动的量要与自己的身体状况相结合，建议在一开始的时候选择散步作为主要的运动方式，我们可以选择环境比较好的公园等地方，我家距离著名的大明湖非常近，所以我每天都会到湖边走一走，一方面是让似乎有点生锈的身体得到锻炼，另一方面湖边美丽的景色总能让我的心情更加舒缓。在手术后的头几天，我以为会长时间卧床。我当时就暗暗祈祷老天让我赶紧恢复。如果我能恢复健康，我一定坚持锻炼。很多东西当你失去后才懂得珍惜。运动不仅能让我们增强心肺功能，运动后的愉悦心情还能帮我们缓解患病的焦虑，当然我建议大家的运动要适量，一方面毕竟我们还是病人，不要做过于激烈的运动，慢跑，游泳、瑜伽等都是很好的运动方式。相信我，只要我们动起来，把运动当作习惯就一定会受益。

我们运动后，一定要重视身体的放松。如果你能自己掌控就自己放松，如果你不是很会主动放松，可以找按摩师，甚至在不运动的时候，每周你都可以找按摩师帮你放松肌肉以及疏通经络，比起我们治疗疾病的费用，保养身体的这点小成本是可以忽略不计的。这里唯一需要我们付出的就是一份耐心和坚持，让我们动起来吧！

写到这里我突然想起来，动起来还有一种方式，就是出去旅游，在我生病之前我是很少出门旅游的。只是在结婚之后，才被带动着去看看外边的世界。生病后的我本以为出门旅游成为奢望，但幸好老天保佑，让我在有生之年可以走出去，看看外面这个美好的世界。我建议朋友们如果你的身体状况还允许，就制订一份出行计划吧！我在生病后的两年间去了不少地方，去年还带着家人一同去了日本，很多人也许会担心旅途上的劳累是否会影响康复，是否会让疾病复发。我的经验是要根据自己的情况科学判断，为出行做好充分的准备。尽可能合理地安排出行计划，以自己的身体状况为前提，不再进行走马观花式的旅游。要真正给自己放个假，去欣赏自然美景或者体会当地的人文。旅行带给我们的美好体验，更有助于我们建立信心与斗志，与我们的癌细胞进行一场旷日持久的斗争。

我特别要提醒各位读者的，就是要及时改变我们的生活方式。每个罹患癌症的病友，肯定在反思过去时，能够找出种种不良的生活方式。如果这些不良的习惯不能被立马斩断的话，我们很难真正去实践上述的原则。即便能进行，效果也会大打折扣。不要浪费老天给我们的反思机会，分析问题，意识问题，立马去改变，如果我们连这点都做不到，又怎么能奢求疾病自愈呢？！请切记！

我总结了一些有利于身心健康的方式，希望对大家有所启发。

一是让你感受到身体在燃烧。能够提升身体素质以及精神状态的各类运动，游泳、羽毛球、慢跑、足球、篮球等，根据自己的身体状况以及喜好，只要能全身心地参与，且能做到有规律地锻炼，对我们的身心健康都会有很大好处！

二是让我们心情愉悦，感受到美的活动。多欣赏美的东西，无论是音乐、美术、摄影、电影等，只要这样的方式能让你更多地感受到人生之美、自然之美，那么不妨多多地去体验。

三是让你开怀大笑的活动。除了手术后要注意不要因为大笑让伤口无法愈合，这不是开玩笑，其他的时间，乐观都是缓解压力，有利身心健康的，开心麻花的喜怒，德云社的相声、越来越火的脱口秀、甚至是国外高校的小集锦都可以让我们敞开心扉，开怀大笑。如果有这样的机会，一定不要错过，生病固然不幸，但是我们完全可以活得更快乐。

四是让我们换一个环境，静下心来感受生活。

旅游、修禅等等都有这样的效果，而我建议朋友们放弃走马观花式的旅游，而是选择深度游，用心感受一个城市的文化以及景色。你越投入，感受到的越不同，对你也就越有好处。有时候即便是换个环境，静静心，也是不错的！

7 如何进行术后的检查以及随访

一般癌症患者手术后，都会有明确的医嘱来安排随访或者体检。因为对别的癌症不太熟悉，只能给肾癌患者讲讲一些感受。个人感觉日常复查不需要做太多，术后第一年，一般每三个月复查，第二年，建议三个月复查一次，第三年起，三至六个月复查一次，五年后，六个月复查一次。当你没有特别症状和需要，一般只需要做三大常规检查（大小便、血），胸片（正侧位），肝功、肾功、腹部彩超即可，没有特殊需要，不必做骨扫描等，放射性检查对身体伤害大，能不做最好不做。手术后的肾脏需要更小心保护，在治疗、用药上需慎之又慎。用药需在医生指导下进行，最好不要自己随意用药，毒性大的药，无论是中药还是西药，能避免必须避免，而平常没有特别需要能不用药还是不用为好。

现在有了更加准确和精准的PET/CT检查，我想有必要给病友们介绍一下。PET/CT将PET与CT完美融为一体，由PET提供病灶详尽的功能与代谢等分子信息，而CT提供病灶的精确解剖定位，一次显像可获得全身各方位的断层图像，具有灵敏、准确、特异及定位精确等特点，可一目了然地了解全身整体状况，达到早期发现病灶和诊断疾病的目的。PET/CT的出现是医学影像学的又一次革命，受到了医学界的公认和广泛关注，堪称"现代医学高科技之冠"。PET/CT 是最高档 PET 扫描仪和先进螺旋 CT 设备功能的一体化完美融合，临床主要应用于肿瘤、脑和心脏等领域重大疾病的早期发现和诊断。近年来，我国 PET/CT 仪增加很快。在我所生活的泉城济南，拥有这样先进设备的医院有三到四家。而以往这样的检查只能远赴日本或者美国，不得不说这又是一次癌症治疗上的进步。PET/CT 主要用于恶性肿瘤，也就是癌症的诊断以及辅助治疗，但是实际情况是，尽管 PET/CT 这一高端设备对患者的诊断和治疗很有帮助，但相当多的患者因无力支付昂贵的检查费，不得不放弃使用。所以在这里又到提到保险的作用了，现在很多保险公司的重大疾病险将这部分的检查费用纳入承保范围，所以很多保险较为齐全的病友可以充分利用好 PET/CT 检查，发挥更大的作用。

术后，我基本没有进行什么后续治疗，小姨不放心我的免疫力，让我注射了一段时间的胸腺肽。但是到底有没有作用，医生也不敢保证，我自己也说不清，所以不做推荐。在后续治疗的选择上，还是根据医生的建议自己拿主意为好，切不可随意相信什么偏方、传说、保健品，否则，肝、肾很受伤。一句话，调养和治疗自己最能接受、最信任的、最适合自己的就是最好的，也就是最有效的！

手术后，我常常莫名地感觉到这里不舒服，那不舒服，心理压力很大，总觉得是不是手术有问题？是不是复发了？是不是转移了？疑神疑鬼了很长一段日子。很多时候过分的担心以及心理压力会影响我们的康复。如果出现这样的情况，如果你有任何的身体部位感觉不适，还不如尽早去医院检查清楚，除了胸透等带有辐射作用的检查尽量少做以外，其他对身体没有太大害处检查可以去做，有病治病，无病安心，总比自己在那里瞎猜好！

后来我就是这么做的，虽然前期折腾了几次，但是随着身体状况的好转，以及自己对病情的进一步了解，这些问题都会慢慢解决！

8　日本游记

选择日本作为年假目的地考虑了很久。本来作为老父亲的我是不想带着一岁多的宝宝出行的，毕竟大病初愈，也预料到路途上会很多辛苦。但是孩子妈妈初为人母，舍不得自己的宝宝，我也只能配合，但是为了保险起见拉上了岳母同行（感谢老人愿意辛苦陪我们出行）。

最终选择出行日本基于以下几个因素：1）孩子年龄太小，飞行时间不能过长（从济南直飞日本关西机场要三个小时左右）。2）辅助设施要齐全，衣食住行都要方便。3）时间自己能掌控，可以自由行。4）景色要美，还能有地方去购物。其实作为孩子爸爸更倾向于找个景色好的海岛，安安静静地待着，但是结婚有孩子以后，就只能照顾家庭的情况，略有遗憾，以后再补上。经过一番研究还是认为只有日本最为合适，而且出行日本还能与多年的老友重新相聚，想想都是让人开心的事情。

不再犹豫了，日本我们来啦！

先说说基本的准备工作吧：1）首先确定好两个人都可以申请年假，把时间定好，把假期请好，准备签证需要的相关材料。2）给宝宝办护照，拍照过程很艰难，经历过的家长一定都知道到底有多难。3）选择代理机构办理签证，当然自理能力强的朋友们自己来吧，我感觉费用不高，效率很高，没必要为了这些耽误大家宝贵的时间。4）找银行换取一定的日元，我们三大一小，换了10万日元，基本够用（大的消费都已经预订或者可以刷卡），带个零钱包因为会换出来很多硬币。简单说一下，现金带着主要为了应付一些比较传统的商家或者打车、购买一些街边零食或者饮料之类的，日本就是这样要现代就很现代，要传统又很传统，没什么好坏，尊重就好。5）设计好行程，预订好酒店、机票（济南有直飞大阪的航班，票价提前预订很合适，三大一小往返5000多元人民币，有孩子的提前给航空公司打电话），酒店都是在携程上订的，因为这次的行程是大阪——京都——奈良——名古屋，所以选择酒店复杂了些，总之看评价，咨询在日本的好友，很快也就搞定了（大阪：难波假日酒店，京都：三条三井酒店，名古屋：城堡假日酒店）。

具体情况下面会提到。

半个月签证就办好了，假期也很快就到来了，let's go！

亮个相吧小宝贝——爸爸带你看世界！

济南遥墙国际机场

DAY1：航班定在11：35从济南起飞，早上收拾好这个小东西就赶去机场，感谢王叔叔送我们，要不这两个大皮箱加小推车，加背包若干如何是好呢？办理登机牌，托运行李，过安检。起！

14：55，降落关西国际机场，跟着大部队坐摆渡车，入关吧。飞机上需要填写入境单，提前写好省时间。机场有中文、英文的辅导员，所以语言基本不是问题。根据自己的能力来就好，不明白的地方是一定能问清楚的！

出来机场找到南海电车，在机场里比较容易找到，因为我们住在心斋桥附近，没记错的话是到难波站。刚到日本，即便有准备还是有点蒙圈。不认识，好复杂！遇到同行的小两口也是这个感受。还好顺利找到了。其实大阪这样的城市还是很方便的，很多地方都有多语种的案内所（咨询处）或者工作人员，不懂就问，坐上几次也就明白了。我们提前在淘宝上买了icoca卡，自理能力不强的小伙伴提前买一张，交通就好说了，只是会多花一些，但是方便！难波站在一个大型商场里，走出商场就是大阪最热闹的地方了。

用goole定位好酒店，开始走吧。其实只有十分钟的路程，

第三章 跟病友们唠唠嗑

但是这一路都是孩子妈妈要购物的地方，路程显得很遥远。大阪我们选择住在心斋桥附近的大阪难波假日酒店，酒店处于闹市，但是确能独享安静，这附近基本都是购物广场、美食街、酒吧，应该是大阪最热闹的地方了。

大阪道顿崛

酒店很贴心，还送了小朋友的洗刷用品和拖鞋等。安顿好，第一餐就用一蘭拉面安抚一下躁动的心吧！

餐馆就在酒店旁边，但是需要排队，店家会帮你安排好，进门用自助机来点餐。不懂就问，英语不行就比画吧，肯定能明白。日本服务员的态度，总会让你很舒服，面带笑容，这点比吃得好不好更重要！

一蘭拉面

吃完晚饭安顿好孩子已经不早了，带孩子妈妈逛逛心斋桥附近，药妆店、美食街，可能来日本很多人都要买各类的药妆，这可能是最全的，一路下来也是最便宜的，大家可以尽情地购买。因为每家店都有很多中文导购。不说了，买完先给我的老腰贴上膏药！

回宾馆，好好研究明天要去的海游馆，毕竟这才是重头戏，早上起来，步行到难波站，然后找好路线再找咨询员问清楚有没有更方便的路线。

DAY2：海游馆

大阪的海游馆算是亚洲比较大的，里面的镇馆之宝当然是两条鲸鲨。建议可以在前台租用一台语音讲解，然后顺序参观，这样不至于看的什么都不知道，鲸鲨确实还是挺震撼的，海游馆没有像国内一样的表演，只有固定时间的动物喂食，这样挺好的。不要强迫动物做不愿意做的事！海游馆里最开心的肯定是小朋友了。俊希跟各国的小朋友都玩得很开心，游览的最后还有亲子触摸，基本都是处理过的蝠鲼（魔鬼鱼），小孩子会比较开心。日本这个国家在各种细节上都做得比较好，所

以让孩子好好看，好好玩吧！海游馆有八层，逛完基本要半天时间，带着小俊希，起码要增加两个小时的预算。下午还安排了天守阁，中午就在海游馆附近解决午餐了。吃饱，小朋友也该睡觉了。上地铁，出发去天守阁看看，到了天守阁已经下午四点多，没能赶上最后的参观时间，外面看看也挺好。天守阁旁边有个城堡一样的建筑，里面有抹茶冰激凌、抹茶包子出售，大家可以品尝一下！味道不错！

　　大阪城天守阁（大阪城公园）景色挺好，天守阁外面有个公园其实我觉得比天守阁好，都是日本当地人在公园里游玩，很放松，很惬意。天守阁外面的树林里全是乌鸦，都巨大，好吓人，也终于知道火影忍者里的乌鸦原来是有缘由的。

　　晚上回到酒店附近，吃的东西选择很多，孩子太小，能吃的有限，就依然选择拉面吧。换个品牌，换种味道，就不推荐给大家了，来了自己选吧！晚上安顿好孩子，岳母这时候的作用凸显，我们终于有时间去享受点二人时光喽。晚上的心斋桥附近还是很热闹的，沿着河边走走，逛逛，然后找一个景色好的位置坐下，点上两杯饮品配上烧烤，舒服又惬意……

　　DAY3：今天要出发去京都啦。据说跟大阪大不同，早上起来收拾好，退房来到难波站，根据地图找到线路出发，小朋友就爱坐地铁，就这个时候最老实，不管中途倒几次地铁。京都的三条三井酒店，出了地铁口一分钟左右就到酒店啦。很方便！酒店前台很nice！下午三点才能办理入住，利用这个时间去清水寺看看，三年坂二年坂溜达溜达吧！因为时间有限，打车过去，1000多日元，日本的出租车司机大多年龄很大，英语差一点，没办法只能比画了。但是基本态度都很好。

二年坂三年坂更多的是纪念品店和商家，饿肚子了找一家日式餐馆吧。

在街上会看到很多身穿和服的男人女人，说实话看着挺累的，个人爱好，无所谓啦。逛完小店，小瓷器，熏香好多好东西，可惜没有买。以后想干什么就自己决定，要不然错过好多。

往山上走是清水寺，既然来了就拜一拜吧！人心向善总没有错，寺里有签可以抽，我跟俊希妈妈一人一签，结果都不好，老是吵架能好的了吗？那就在寺里化解一下吧！下一站伏见稻荷大社，看看千本鸟居，打车过去，没办法，时间来不及。肉疼啊！

夜色很不错，千本鸟居原来不是有一千只鸟，孩子妈妈终于弄明白了！这的车站很有特色，景色很美，小朋友也很开心。

回酒店，被派出去找吃的，围着五六个街道走，很多的居酒屋特色小店，找到一家咖喱餐馆，进去试试吧！味道很好，其实在日本带孩子吃饭挺头疼，因为孩子还没有规矩，会影响别的客人。好友心悦说一般只带孩子去家庭式的餐馆，怕影响别人。这点上我们应该好好学习，每个人做每件事前多考虑一下会不会打扰别人，给别人带来不便。如果真的没有办法，也请带有歉意，而不是理所应当！吃完饭在京都的街道溜达溜达，很安静，跟大阪的喧哗完全不同，早点休息吧！明天就要去奈良啦！

DAY4：提前做好功课，奈良我们来啦！坐地铁到奈良车站出来，没几步就遇到了小鹿，150日元一包鹿饼，买了两包，鹿饼在手，要啥啥有！喜欢动物的我极其兴奋，小孩子一开始不害怕，但是经不住姥姥一味的渲染，也学着大人的样子怕了起来。其实让孩子多接触自然不是很好吗？你要教会他的是如何相处，而不是一味地闪躲！没关系下次爸爸带你来，你就不怕了！一路前行，来到东大寺。很神奇，很美丽的地方，有免费的义工给我们讲解，老人年龄很大了，对着中文的资料一点点地讲，其实我们都看懂了，但是要尊重老人的工作与付出！

好好欣赏这美景吧！人，鹿，自然的完美结合！东大寺出来步行去春日大社。一路上走走停停，小鹿喂个不停！其实神社都差不多，春日最特色的就是不时出没的这些小精灵吧！不甘心又抽了个小鹿签，这次是大吉，你看不吵架了。家和万事兴！回去的路上遇到了行程中最美的景色……

奈良，真想花上几天就这样发发呆！肯定还会来的，喜欢这样的城市，喜欢这里的颜色！晚饭在奈良站旁边的特色街上解决，味道都很赞！顺便又逛了药妆店，药妆店无处不在啊！返回京都，安顿好老人孩子，还是带着孩子妈妈走走这个城市，京都比大阪安静了好多，很多店11点就关门了，好不容易在街角遇到一家烤肉店，坐下来，简单点了点东西，体验一

第三章 跟病友们唠唠嗑

把日本的休闲生活。自己来烤，味道却出奇地好，只能说老板食材准备得好，还不动声色地帮我们把握了火候！明天是在京都的最后一个上午了，临时决定去花见小路看看。孩子妈妈要试穿和服。好吧，你的世界你决定。

DAY5：祇园——花见小路

等待试衣服的时候跟店里的一只柴犬玩得很开心。网红店，不让照相，一拍就咧嘴！

下午赶赴名古屋与好友见面啦！俊希终于要见到心心念念的两个小姐姐啦！京都到名古屋要乘坐新干线，icoca 卡是不能用了，要单独买票，买了自由席，结果为了赶车，从车头走到车尾，因为前面的车厢都是指定席（有固定座位的），我们买的自由席要到自由席的车厢，有空位置才可以坐。还好，很幸运都能找到座位！四十分钟就到名古屋了。名古屋站还是挺有特色的，但是出来之后找酒店却说什么也找不好方向。带着孩子只好再打车了，排队上车，司机是个老爷爷估计七十多了吧，语言是不指望了，给爷爷看图。爷爷左找右找，还好孩子爸爸理解能力多强啊，这肯定是要放大镜，赶紧替老爷爷找到，拿着放大镜终于明白了我们要去的地方。又是一个不错的酒店，好友已经在酒店等我们了，办完了入住，就带着俊希去姐姐家做客了。

小朋友们很快融入，也吃了来日本后最踏实的一顿饭。孩子们都开心，真不愿意打扰他们。晚上约好四个大人要去聚餐，小宝贝快睡吧！

DAY6：今天去名古屋城看看，恰好今天是名古屋祭，免费。

下午留出时间购物啦！毕竟来日本，女人们是不会放过买买买的！男人呢，只能看孩子了，两家人其乐融融，也是旅途最美好的时光。购物就不多讲了吧，花钱都不用人教！感谢好友两天的陪伴，老友相见是最开心的事情！国内见啦！

DAY7：日本的最后一天啦！收拾完已经不早了，好友送我们到新干线坐车返回大阪关西机场坐飞机。终有一别，本来打算免税店扫货的，可是新干线倒地铁到了机场也就留了点吃饭的时间。免税店是不想了。省钱了！回国，带着一老一小，老父亲也基本累坏了。

来日本还是感受很多，每次出门都有不同的见识。整体上感觉国内的我们还是太浮躁了，很多感受就不跟大家分享了，自己来体会吧！孩子的第一次国外旅行结束，感谢一路顺利，下一站会是哪儿呢？

其实去哪里并不重要，重要的是留给孩子更多的回忆，多带孩子看一些美好的东西！愿一切安好！

9　与心理咨询师面对面

癌症后的心理治疗与康复可能是萦绕在每一个癌症病人甚至家庭的重要问题。能否尽早得到正确的心理治疗或者引导，可能对我们最终能否战胜癌症或者与疾病共存起到关键性的作用。作为过来人，我深知其中的道理，但是我没有心理学方面的专业背景，无法从理论以及实践上给读者朋友们更多、更好的建议。术业有专攻，为了跟读者朋友们更为深入地谈谈与癌症相关的心理问题，我与多年从事心理咨询工作的崔开欠老师进行了深入的沟通交流，希望读者朋友们能从中得出更多、更为有益的理念、实践方法，从而为辅助癌症的实际治疗提供更为强大的心理支持。

我：感谢崔老师能接受我的咨询，从专业方面解答一些与疾病以及疾病康复相关的心理问题。

崔老师：我非常开心可以和大家进行心理方面的交流，也很感谢有这样一个机会。我会尽可能从心理的角度给大家一些建议，希望对大家有所帮助。

我：那我就代表病友以及家属们问一些实际的问题。

我记得在我刚刚查出患病的时候，心里可以说是五味杂陈，恐惧、焦虑、抱怨等等不良的情绪交织到了一起。这样的情况正常吗？

崔老师：总体来说，这是比较正常的。

任何人被查出患病以后，都会出现悲伤、恐惧、沮丧、焦虑、抱怨等不良情绪，精神压力增大，这是正常的心理变化。因为在一般人的意识中，癌症和死亡是密切相关的。对于死亡的恐惧，其实是导致很多心理问题的深层原因。

许多心理研究表明，人们在得知自己患有危及生命的疾病时，会经历以下五个时期。

1. 震惊和否认期

在开始得知患有癌症时，大多数人都无法接受这一事实，他们可能会否认患病的事实，认为医生诊断错误，要求去不同的医院检查，期待这不是事实。此时患者的思维可能是非常混乱的，既包括对事实的不满，也有对未来期望的崩塌、对过去经历的遗憾等。

2. 愤怒期

患者在否认事实时，心中多少还会存有一些希望。当看到事实无法改变时，就会由否认转为愤怒，这也是可以理解的。因为他们面临着太多的打击，健康、事业、爱情、家庭、人际关系等都会发生变化。这时可能会怨天尤人，抱怨为什么是自己得这个病，甚至把怒气发到家属或者医护人员的身上。

3. 讨价还价期

经过一段时间的愤怒和发泄，患者会慢慢平静下来。但其内心还是非常煎熬的，他们已经能接受自己患病的事实，但内心非常希望自己的病情能够很快得到救治，好转。他们可能会与自己信任的医生讨价还价，期待他们能承诺自己一定会好。

4. 忧郁期

在接受治疗的过程中，当治疗的副作用难以忍受或治疗的效果不佳，患者会表现出悲伤，沉默，食欲不振，忧郁，无助感及绝望感等。这一时期的患者可能出现自杀倾向。

5. 接受期

在经过一段时间的内心挣扎后,患者的情绪会慢慢平静下来,重新接受事实,直面疾病与治疗造成自己生活的巨大改变。这一时期的患者开始能够较为理智地接受治疗。

多数患者会经历这些心理变化过程,但不同心理特征的人在心理变化方面也存在着差异,各期持续时间、出现顺序或反应程度也不尽相同。

另外,患者还会出现其他的心理反应,如内疚感等。由于疾病的影响,患者家中的情况也许会有所变化,如收入减少,医疗费用增加等,也会带给患者很大的心理压力。

我:我们如何尽可能快速调整自己的心理状态呢?

崔老师:这个时候,一定要想办法缓解压力,才能以更好的心理状态面对治疗。可以从以下几个方面调整。

1. 尽早面对现实

虽然患癌的现实是非常残酷的,但是一直逃避无济于事。在过了最开始的震惊和否认期以后,患者要逐渐面对这个残酷的现实。接受现实,我们才能想办法去解决问题。

2. 积极了解病情相关的知识

恐惧和恐慌是患者和家属最常出现的情绪。这种恐惧和恐慌,有一部分是来自对疾病的不了解。很多人认为癌症就是死亡,得了活不了多久,很快就会死去。这种误解会加重恐惧和恐慌。

面对疾病，患者和家属要去咨询医生，查询相关的资料，对病情的发展及治疗方案有了一定的了解。这样内心的恐惧和恐慌就会有所降低。

3. 坚持适度的运动

首先，运动能帮助患者缓解压力。在运动中，患者的不良情绪得到释放，压力会减轻，并且能增强信心。

其次，运动可以增强体质，提高身体的耐受性，减轻副作用对身体的影响。

当然，患者要根据自己的体能情况，选择合适的运动项目和强度，并做好运动保护。

4. 寻找成功的治疗案例，增强信心

癌症治疗水平越来越高，不少患者经过科学治疗后，病情得到控制，身体康复，长期生存。患者或者家属可以多找一找这样的案例，增强对治疗的信心和希望。

5. 加入合适的抗癌圈子或者小组

现在有许多公益互助性质的抗癌圈子或者抗癌组织，可以在仔细筛选后，加入一个合适的抗癌圈子或组织。圈子里的病友互相鼓励，互相支持，可以让患者获得心理上的依靠，得到精神力量。

我：什么样的心理状态有利于我们更好地治疗及康复呢？

崔老师：这时的心理状态，我认为要注意以下几点：

首先要承认事实，这个事实包括患病的事实，更重要的是对疾病的科学认识。"我是患病了，但患病并不意味着被判了死刑。"

然后要积极配合治疗，选择适合自己的治疗方案。同时保持良好的生活习惯，比如规律的饮食睡眠，在身体允许情况下适当运动等。

另外要学会寻求帮助，不管是在疾病的治疗方面，还是心态调整方面，都可以查询相关资料、书籍或寻求相关专业人士的帮助。

还有一点需要强调一下。患病之后，患者有许多不良情绪，状态低落是很正常的，不要让"保持良好心态"成为自己另一种压力。没必要因为无法积极面对就怪罪自己。如果情绪不好，状态低落，不妨表现出来。这样大家才能看到，才能给到你相应的支持。

我：作为家属如何关注到患者的心理问题呢？

崔老师：首先，家属一定要有意识地去关注患者的心理状态。任何人患病之后心理上都会有一定的压力，要对患者的心理状态有足够的重视。

在日常生活中，可以重点从患者的饮食与睡眠情况、体重的变化、情绪状态等方面去关注患者的心理状态。比如，患者是否吃不下饭，睡不着觉，体重明显变化，开始很少说话，情绪低落等。这些现象，家属是比较容易发现的。

一开始，患者可能会否认诊断结果或者要求到几家医院去复查。这种否认不能简单地评价为负面心理状态，因为这种拒绝接受事实的做法是人们在面对创伤或打击时的一种正常应激和保护反应，可以在一定程度上降低恐惧和缓解痛苦，进入接受和适应变化的过渡期。这时家属不要急于让患者接受现实，而是根据患者的性格和接受能力，循序渐进地使其了解和接受真相。

患者的心理问题是不可忽视的，要多关注患者的情绪及行为表现，对他们表示理解，给予支持。如果患者的情绪状态长时间一直很差，可以寻求专业咨询师到帮助。

我：作为家属怎么来把握关爱的度呢？

崔老师：面对疾病，很多时候家属也是同样束手无策的，心理上也会有很大的压力。所以，家属要尽可能先调整好自己的情绪状态，这样才能更好关爱患者。

家属可以告诉患者他们做了哪些应对治疗的准备，包括生活的调整和医疗保险等，减轻患者因为担心自己患病对整个家庭造成影响的内疚感。

家属需要有足够的耐心，陪伴患者，满足患者的一些内在需求。患者有时可能需要发泄情绪或者情绪状态很不稳定，当他们发怒时不要急于控制，而应给予一定的空间，让其得到心理上的释放。

如患者在抑郁的状态中，一定要随时关注，必要时可以寻求医生帮助。其他时候，可以给患者一定的空间，并尊重其自身的主观能动性,碰到事情多和患者协商,与患者共同决策和承担。

我:现在有个易癌性格的理论,从您专业的角度怎么看呢?

崔老师:这个我查阅了一下相关的资料,一般在描述易癌性格时,都是根据统计资料和调查得出的,并没有相关的学术研究。我认为这一部分大家不用过分恐慌,并不是压抑自我、爱生闷气的人就一定是非常容易得癌症的。但这确实提醒我们,身心是一体的,心理的健康会影响身体健康。中医也认为,人的精神活动与内脏密切相关,我们应该都听过"怒伤肝""喜伤心""思伤脾""忧伤肺""恐伤肾"。世界卫生组织现在关于健康的定义也提到健康是指身心健康,而不仅仅是没有疾病和衰弱的状态。

所以我们一定要关注自己的心理状态,重视自己的心理健康。

我:为了防止因为心理或者性格原因致病,健康的朋友们需要注意哪些问题呢?

崔老师:刚才我们提到情绪对身体健康的影响很大,这方面大家应该也有体会。比如有些人一紧张就容易腹泻,当我们很忙时没有事,但一放松下来可能就会感冒,这些都是情绪对身体的影响。所以第一条建议,就是希望大家学会管理自己的情绪。学会管理情绪并不是不发脾气或者没有情绪,而是可以正确地表达自己的情绪。

不畏死生
——一个奶爸的抗癌笔记

一般来说，可以通过觉察、表达和疏解情绪这三步来进行情绪管理。觉察情绪，就是要认识各种情绪，并且知道自己正处于什么样的情绪之中。表达情绪，是指用恰当的方式表达自己的情绪。比如生气时，有些人的表达方式是骂人、摔东西、大吼大叫，有时还会引发冲突，这些方式都是需要调整的，这里也不推荐憋着不说。那该如何表达呢？如果想摔打东西，可以摔抱枕，打枕头，表达的原则是尽可能不伤害自己，不伤害他人，也不破坏物品。最后一步疏解情绪是指我们要有缓解压力、调整情绪状态的方式，比如深呼吸、冥想、唱歌、运动健身、看电影、与朋友聊天等，定期放松，调整自己的情绪状态。

第二条建议就是保持良好的人际关系。人的本质属性是社会性，我们有和他人交往互动的需要，即使很宅的人，也在通过网络与他人发生互动。良好的人际关系不仅能满足我们的基本需求，在碰到重大事件时，还是我们非常重要的支持系统。

最后，建议大家在空闲时间根据自己的需求去了解一些心理健康的相关知识，现在这一部分的资源还是很多的。同时，如果觉察到自己长时间处于情绪低落的状态，而自己又没有办法调整，开始影响正常的工作生活时，一定要学会寻求专业心理人员的帮助。

10 癌症基础课堂

也许你还不太清楚我们所患的疾病到底是什么。为了不占用太多的篇幅来讲述基础的医学常识，也为了避免跟市场上已有的科普类书籍重复而耽误大家的时间，就在这里给大家把最基础的内容再科普一下吧。

在医学上，癌（cancer）是指起源于上皮组织的恶性肿瘤，是恶性肿瘤中最常见的一类。相对应的，起源于间叶组织的恶性肿瘤统称为肉瘤。有少数恶性肿瘤不按上述原则命名，如肾母细胞瘤、恶性畸胎瘤等。一般人们所说的"癌症"习惯上泛指所有恶性肿瘤。癌症具有细胞分化和增殖异常、生长失去控制、浸润性和转移性等生物学特征，其发生是一个多因子、多步骤的复杂过程，分为致癌、促癌、演进三个过程，与吸烟、感染、职业暴露、环境污染、不合理膳食、遗传因素密切相关。

那么癌症的最根本原因是什么呢？

当然是基因突变。具体说到肾癌，这是起源于肾实质泌尿小管上皮系统的恶性肿瘤，学术名词全称为肾细胞癌，又称肾腺癌，简称为肾癌。肾癌包括起源于泌尿小管不同部位的各种肾细胞癌亚型，但不包括来源于肾间质的肿瘤和肾盂肿瘤。

早在 1883 年德国的病理学家 Grawitz 根据显微镜下看癌细胞形态类似于肾上腺细胞，提出肾癌是残存于肾脏内的肾上腺组织起源学说，故我国改革开放前的书籍中将肾癌称为"Grawitz 瘤"或"肾上腺样瘤"。直到 1960 年，Oberling 根据电子显微镜的观察结果，提出肾癌起源于肾的近曲小管，才纠正了这个错误。

肾癌占成人恶性肿瘤的 2%~3%，占成人肾脏恶性肿瘤的 80%~90%。世界范围内各国或各地区的发病率各不相同，总体上发达国家发病率高于发展中国家，城市地区高于农村地区，男性多于女性，男女患者比例约为 2：1，发病年龄可见于各年龄段，高发年龄 50~70 岁。据全国肿瘤防治研究办公室和卫生部卫生统计信息中心统计，我国试点市、县肿瘤发病及死亡资料显示，我国肾癌发病率呈逐年上升趋势，至 2008 年已经成为我国男性恶性肿瘤发病率第十位。

肾癌的病因未明。已经明确的与肾癌发病相关因素有遗传、吸烟、肥胖、高血压及抗高血压治疗等有关。

癌症是否能够治愈呢？

治愈是一种医学概念，我们通常说的是指临床治愈。病人患有某种癌症，治疗后，体内未见癌细胞，此后，癌症没有复发。

这里包括两个方面。首先，经过治疗，没有发现癌细胞。在医学上，这被称为完全缓解。其次，完全缓解后无复发。因为癌细胞很狡猾，治疗后，有些病人可能会有一些癌细胞潜伏在检查之外，并在治疗后复发。对大多数人来说，癌症复发的时间是在 5 年之内，所以"5 年生存率"通常被用来衡量某种癌症的治愈概率。5 年生存率越高，治愈这种癌症的可能性就越大。经过 5 年的治疗，如果仍无复发，大多数患者可以考虑临床治愈。大多数癌症的早期阶段可以通过手术和术前和术后治疗达到治愈。

在癌症的早期阶段，在没有发现转移病灶的前提下，只要能够切除原发灶（癌细胞最初的生长点），就可以清除所有的癌细胞。但在某些情况下，这是不够的。术前或术后经常需要配合化疗、放疗、靶向治疗或内分泌治疗，以进一步清除癌细胞。许多早期癌症可以通过这种方式治愈，如早期乳腺癌、肺癌、结肠癌、胃癌、前列腺癌等，而且转移的可能性越早，治疗效果越好。

另外，部分肿瘤可以通过放疗和化疗治愈。一些肿瘤，如血液系统恶性肿瘤（白血病、淋巴瘤）和鼻咽癌，对放疗和化疗非常敏感。因此，这些癌症通常不采用放疗或化疗。

第四章
跟家属们聊聊患病后的那些事

1 写给家属的第一封信

是否应该将病人的真实情况告诉他（她）？这个问题曾经在十几年前困扰过我。记得那时我曾跟随父亲一同探望一位生有重病的亲戚。进病房之前病人家属就悄悄跟父亲说，不要跟他说他得的什么病，我们都没有说，病人很敏感，怕吓着他。去年我妻子的爷爷病故前，家人也是一直瞒着他老人家真实的病情。老人是从自己的身体感觉以及不断有亲戚来探望后，才隐隐觉得自己得了不好的病。曾几何时，这样的情况我们一直称之为善良的谎言，目的是让病人不至于失去活下去的希望。确实，在十几年前，如果被查出罹患癌症确实死亡率较高，刻意的隐瞒也许在那个历史背景下有一定的合理性以及必要性。但是当科技以及癌症的治疗发展到今天后，除了少数极为凶险的癌症，比如癌症之王胰腺癌等，我们真的没有必要再把癌症与死亡相挂钩。谈癌色变似乎已经不再适用今天的癌症治疗。从我个人的经历以及理解来看，把病人真实的病情告知病人还是有必要的。当然告知的方式可以个性化处理，如果病人对癌症有基本的认知且心理状况较好，不妨直接将病情告知患者。该来的终究会来，该面对的终将要面对，就像之前我说过的，该有的心理历程，一样也不会少，早点经历也许并不是坏事。这类型的病人，如果家属遮遮掩掩反而会加重他们的心理负担，不如直截了当地说效果好！

当然如果患者本身确实很敏感，很脆弱，就要区别对待了。最好还是循序渐进地将病情慢慢告知患者，而且要在过程中通过癌症的科普、成功的案例等，慢慢让患者坚信自己是可以活下去的，树立与癌症斗争以及活下去的信心与勇气。家属可以跟主治医生进行一定的沟通，提示医生在治疗的各个阶段，多给病人鼓劲。这个时候谁的话也不如医生的话管用，这个时候你就把病人当孩子看总没错，用点小计谋还是可以的。

总之，告知病人病情能够让患者更加积极地配合医生以及各项治疗，做好身体以及心理上的准备。即使在康复阶段病人知道自己的病情也能更有针对性地选择康复方案。还有就是真实的病情能给病人时时刻刻提个醒，你是个癌症病人，你要注意自己的身体，千万不要马虎大意，以致疾病复发或者加重。这个时候只要自己能救自己，别人毕竟不能天天守着你，所以如实告知病情，总体上还是利大于弊的，不知道各位读者如何看？

2 写给家属的第二封信

亲爱的读者，很不幸，人类进化的过程不断进步，但同时疾病也在不断进化。在科技如此发达的今天，癌症仍然是仅次于心血管疾病的第二大人类杀手。这一比例还不断在提高，且有年轻化的趋势。令人沮丧的是我们今天依然无法治愈癌症，但与此同时，我们对癌症的认识以及治疗也在不断进步。我病后的这几年里，癌症的免疫治疗就掀开了抗击癌症的新篇章。

家里有人患病，我们该怎么办？曾几何时有这样的说法，一人患癌，全家遭殃。我想给大家说说自己的心里话。我想从一个患者的角度跟大家分享一下，我们希望从家里得到些什么？而只有明白患者的需求，作为家属才能更好地照顾病人，鼓励病人从罹患癌症的阴影中渐渐走出，帮助家人找到一条与癌症和平共处的道路。

我想大多数家属与病人一样，在初次听到癌症时都会有一个接近崩溃的阶段。与病人感情越深，这种感觉就越强烈。我需要提醒各位病友家属的第一件事情，就是要学会坚强。因为

不畏死生
——一个奶爸的抗癌笔记

对病人来讲，他是很难抗拒被诊断癌症后的恐惧与焦虑的，那是一个极为正常的心理过程。而如果身为家属的你比病人还要脆弱，甚至更难以接受这样的事实，那么你的情绪只会影响到病人战胜疾病的信心。人的求生欲以及战胜病魔的信心在整个抗癌过程中至关重要的。这个时候家属要做的是克制好自己的情绪，不要再给已经临近崩溃的患者雪上加霜。

那么很多家属会问，这个时候我该怎么办呢？相信我，很多事情需要您来替患者完成，而且如果您能完成得好，会对患者起到巨大作用。

首先，家属要成为患者此时的精神支柱。无论你之前在患者面前是个什么角色，这个时候患者永远都是弱势群体。很多时候你甚至不需要做太多，仅仅是平静地陪伴就会化解患者的紧张情绪。在我确诊病情的时候，我的小姨以及我的挚友一直陪在我身边，帮我判断分析眼前的各种情况，提供有益的建议，对我起到了很大的抚慰的作用。在手术之时，我的亲人好友都守护在我的身边，让我时刻都能体会到自己是被爱着的，我还想活着。这里要提醒大家的另一点是，请不要以一种对待临终病人的心态对待一个刚刚被确诊癌症的病人。你的这种怜悯之心会深深刺痛患者的神经。如果他缺乏理性判断或者无从了解自己的疾病，很可能就会走入你给营造的误区，"我真的不行了！"这种精神上的放弃会严重影响癌症病人的治疗与恢复。你要做的就是像往常一样，把他作为一个普通人，而不是一个绝症患者。你甚至可以在不影响病人情绪的情况下与病人进行一定的讨论甚至争吵。因为只有这样，病人才能感觉到自己是一个普通人。他只是要面对一场疾病而已，而不是在治疗刚刚开始时，就自我宣布自己是一个将死之人！

接下来还有这些事情是可以帮助患者的。第一，在你真正了解这个疾病以及病人的实际情况后，帮病人理性分析、判断病情，确定适合病人的治疗方案，手术、放疗、化疗、免疫治疗等等。说实话，这时候稍显脆弱的病人自己是很难完全理性地去分析眼前的一切的。即便能初步保持理性也会存在反复或者迟疑的情况。这个时候需要家属们来分担。请注意，作为家属在适度表达关心的同时，请以理性的分析为主。当然请注意你的方式、方法，这个时候的病人是精神极度紧张的，也是非常敏感的。请选择病人最容易接受的方式，或最能让患者接受的人来跟患者谈，否则不如不谈。

第二，在治疗方式确定后，请提前了解各种可能的风险，充分做好各种准备。

第三，对治疗后的护理提前做到心中有数。与医护人员进行充分的沟通，尽可能地缓解病人的病痛。病人病痛的减轻会大大减轻家属的紧张。家属要明白，病人无论如何坚强，在身体受到病痛的折磨时，都很难用过往累积来的信心克服病痛（之所以不这么跟病人说，是因为怕影响到病人自信的建立）。我原以为只是因为我对疼痛敏感所以会如此脆弱。当我读李开复老师的

《向死而生》时，他说过这样一段话："我从来都不知道，当身体受到病痛的威胁和折磨时，过去的理性头脑堆积起来的信心完全帮不上忙！我只想逃，或者闭上眼睛试图闪躲，甚至也会呼天喊地，大声哀叫。后来不知道在哪本书上看到，这种出于身体的本能反应，其实是生命的自我防御系统。只是我习惯用意志力控制一切，病了才发现，身体对疼痛的反应竟然有我无法控制的时候。"当时这段话对我起了很大的宽慰作用，像李开复都这样，我的反应是正常的，我无需自责。而这样的理念如果能通过家属的巧妙传达，效果可能会更好（对李开复老师说声抱歉，我这个平凡人只能用这样有点自私的方法宽慰自己）！

第四，尽可能地给病人提供正能量，比如成功的治疗，成功的病例。如果您恰巧是医生，那此刻正是您发挥巨大作用的时候。就像再顽皮的学生也怕老师一样。人一旦罹患疾病，医生的话无疑就是圣旨。请多鼓励一下病人，这对病人提升战胜疾病的信心是极为关键的。如果你本人不是医生，可以请主治医生在适当的时机与病人简单谈谈。医生的关怀也可以大大减轻病人的紧张情绪。我在手术前咨询了几位医生。他们的安慰都简单而专业，但就是这些简答的关怀让我有信心接受接下来的治疗。

其实回想起自己的治疗过程，最大的遗憾是很多时候只能自己面对这场疾病。除了我最好的几位挚友，我的父母，甚至我的爱人都无法帮我分担。他们甚至在我最无助的时候都无法在我身边。时至今日回想起来都略显遗憾。作为中国人，我们很难直接表达自己的感情诉求，但是当你面临生死时，难道说出自己的心里所想真地那么难吗？而作为家属请牢记，家人在此刻永远都是病人最温馨的港湾，也是病人最有力的后盾。

3 写给家属的第三封信

肾脏肿瘤的病因至今尚不清楚，肾癌的发生是多方面因素共同作用的结果。食物、营养与癌症发生存有密切关系，膳食结构不合理是导致癌症发病的重要外部因素。高体重指数（肥胖）和高血压是与男性肾癌危险性升高相关的两个独立因素。吸烟与肾癌的关系也很密切，吸烟时间长短与患病率高低直接相关，吸烟者尿内各种诱变活性物质含量增高，烟草中的二甲基亚硝基胺导致肾癌。有报道与肾癌相关的食品和药物有：高摄入乳制品、动物蛋白、脂肪，低摄入水果、蔬菜是肾癌的危险因素，芳香族碳氢化合物、芳香胺、黄曲霉毒素、雌激素、咖啡、利尿剂可引起肾癌。

肾癌病人的饮食除了与肿瘤相关的饮食注意事项外，由于肾癌患者大多需要切除一个肾脏，容易引起肾功能不全，或者已经发生肾功能不全，所以饮食方面还需注意避免使用一些影响肾功能的食物和药物。肾癌病人具体需注意以下几方面。

1. 不提倡饮酒，如饮酒每天不超过一杯（相当于 250 毫升啤酒、100毫升红酒或25毫升白酒）。

2. 控制体重，避免体重过重，超重或过度肥胖容易导致肾癌和增加对侧肾脏负担。

3. 限制红肉，包括猪、牛、羊肉的摄入，尽量少吃经过高温加工的肉制品，如红肠、罐头（还含有防腐剂）等，每天应少于90克，最好用鱼和家禽替代红肉。

4. 尽量避免摄入含糖饮料，限制摄入高能量密度食物，尤其是高糖食品，或者低纤维、高脂肪的加工食品，如汉堡包、炸薯条等。

5. 少吃烧烤的食物，烤鱼、烤肉时应避免肉汁烧焦。直接在火上烧烤的鱼、肉，烤肉只能偶尔食用，最好煮、蒸、炒食物。

6. 限制食盐的摄入，特别对有肾功能不全的肾癌病人，每日不超过5克。咸菜、泡菜、榨菜、咸面包、油条、紫菜、油菜、菠菜、茴香、芹菜、金针菜、萝卜等应少吃。因为这些食品每百克中含钠量较高。这些食物吃多了，也就等于食盐量增加。回想起我患病前的一段时间我跟妻子特别爱吃超市里出售的一种萝卜咸菜，几乎顿顿要吃一些。回头想想真是后悔不已，不该为了一时味蕾的快感而伤害了自己的健康。而我发现中国人普遍是爱吃这一类腌制类食品的。一日三餐中很多家庭的饭桌上都会有各类的咸菜。吃咸菜不一定会得癌症，但是高盐饮食是明确的诱因，值得我们去注意。

7. 多吃各种新鲜蔬菜、水果、全麦食品和豆类。如果肾功能正常，应多食青菜、水果，以供给充足的维生素。如患者已有肾功能不全，特别是每日尿量不足500毫升时，则要选择性地食用蔬菜和水果。因为蔬菜、水果中一般含钾比较丰富，而肾病少尿患者，血清中钾含量均升高。其中含钾较高的水果有西瓜、香蕉、菠萝、芒果、枣、香瓜等，蔬菜中含钾较高的有苋菜、菠菜、芹菜、胡萝卜、竹笋、马铃薯等。

8. 注意食物多样化，以植物性食物为主，应占每餐餐量的2/3以上。癌症病人食谱切不可简单和单一。应该是品种多，花样新，结构合理。在制作食谱时，要尽可能做到：清淡和高营养优质相结合，质软易消化和富含维生素相结合，总热量要够，营养要平衡，食物结构要合理。饮食的多样化以及健康化对病人非常重要，同时我们也不要走向极端。如果日常的饮食没有起码的色香味，难以下咽，恐怕对健康也不会有什么好作用。

9. 癌症病人要不要忌口？是否忌口，民间说法颇多。有的主张忌口；有的认为不要忌口，什么都可以吃。有的认为不能吃鸡、螃蟹、牛肉、鲤鱼等。究竟要不要忌口，中医相对主张适当忌口，西医一般不提倡忌口。

西医重视饮食与疾病的关系，也不是一概反对忌口。例如被黄曲毒素污染的食物，不能吃。烧焦食品易使蛋白质变性，热解和热聚易产生多环芳烃类化合物，对人体有害而不主张吃。熏鱼、熏肉也不主张多吃。酒能降低人体解毒功能和生物转化功能，使免疫力下降，酒在机体内还会增加致癌物活性，并且具有细胞毒性，故不应饮酒。

中医也不是盲目地不加区分地忌口，而是讲究辨证地适当忌口。一般认为，癌症的早中期，病伤津劫阴，多属阴虚内热，故在饮食调理上，应忌辛温燥热属性的食品，滞腻食品也主张少吃。在癌症的中晚期多为虚证、寒证，饮食上主张食用温补脾胃、益气生血等食品，而性属寒凉的食品，则应少吃或不吃。食物寒热温平味相结合，供应总量和病人脏腑寒热虚实证相结合。如果不能辨别寒热虚实，就应请教，最好在中医医生的指导下进行。

10. 没有哪一种食物对肾癌病人来说是绝对禁忌。不要长时间或大量食用以上提及的一些食物即可。偶尔食用一些所谓的"不健康食物"也不必太紧张，均衡饮食也很重要。

4 写给家属的第四封信

还记得吗？我曾经给自己这样的心理暗示，虽然我得的是现在还无法真正治愈的癌症，但是只要我多活一年，也许癌症就距离治愈进了一步，说不定以后癌症真的就像高血压之类的慢性病一样，可控可治呢！就像当年的格列宁，《我不是药神》中用来治疗慢性髓性白血病，以往因突变基因（BCL-ABL）的白血病患者在 5 年内的存活率不足 30%，然而当新的药物格列宁面世后，患者5年的存活率从原有的30%攀升到了90%。一些早期服用的患者生存年限可能突破了十几年甚至二十几年。现实也真印证了我的设想。从2017年患病至今，癌症的诊断与治疗发生了跨时代的发展。从以往仅仅能依靠手术以及化疗、放疗，到后来的激光消融、靶向药物治疗，直至当前最为火热的免疫治疗，这些新的治疗手段成倍地提供了患者的生存周期。这些技术在取得良好效果的同时，并没有带来像化疗以及放疗那样杀敌一千、自损八百的严重副作用。尤其是免疫疗法。我刚接触这个名词的时候还不曾想到，这种治疗方式真地把越来越多的癌症变成慢性病，仅仅靠服药或者注射针剂就让长期生存变成了可能实现的目标。可以说免疫治疗的出现让我们人类距离这个目标更近了。是不是很开心？是不是很兴奋？是不是重新又燃起了生的信心？！

为了进一步给大家增加战胜疾病的信心，我想给大家多介绍一些关于免疫治疗的信息。很多内容也是我这两年多里在各种文章或者书籍上收集整理的，希望给大家提供一定的参考。需要读者们结合自己具体的情况，与自己的主治医生多多交流，科学选择。

免疫疗法的理念与以往癌症治疗被动消灭癌细胞的方式不同，它是要重启我们的免疫细胞，而不是单纯地针对癌细胞。简单地讲就是通过激活我们自身本就具备的免疫系统来识别并对抗癌细胞，关于癌症的基础理论如果读者不是很清楚，建议

不畏死生
——一个奶爸的抗癌笔记

参考李治中博士的两本著作《癌症·真相》《癌症·新知》，这里我就不再多做介绍。

免疫药物相对以往的各类治疗方式来说具有很大的优势，总结起来应该就是：效果确切，有效率高。对有些癌症，有效率高达70%。无放、化疗毒副作用，病人不痛苦，耐受性好，杀瘤特异性强。能够激发全身性的抗癌效应，对多发病灶或转移的恶性肿瘤同样有效，可以帮助机体快速恢复被放、化疗破坏的抗癌免疫系统，提高远期抗癌能力。

免疫治疗的雏形其实在一百年前就存在了。故事要从一名叫威廉·科利的医生说起。他是一名美国主流的外科医生，在经历了对一位十七岁的小姑娘伊丽莎白·丹希尔的治疗失败后，他产生了巨大的挫败感。作为一名外科医生，他发誓要找到一种可以彻底治愈癌症的方法。转机很快来了。在翻阅其他癌症治疗记录的时候，科利找到了一个特殊的病例，一位叫斯坦的德国移民罹患癌症后，感染了一种由链球菌引起的严重疾病。由于当时还没有抗生素，斯坦经历了长达几天的高烧。当高烧终于退去后，斯坦的肿瘤竟也奇迹般地消失了。科利为此非常兴奋，在找到了大量的类似病例后，他认为通过链球菌就能"以毒攻毒"干掉癌症（当时人类还基本不知道免疫系统的存在）！

说干就干。这位大胆的美国外科医生，自己搜集了一些链球菌活细菌，给他的第一位试验对象进行了注射。幸运之神第一次就站在了科利这边。在向患者的肿瘤部位注射了十余针链球菌后，患者患上了严重疾病并发烧到41℃，伴随着发烧，患者的肿瘤开始逐渐缩小，两个礼拜后肿瘤完全消失了！威廉由此开始了他的探索之路，并研发出了更安全的配方：链球菌和粘质沙雷菌的灭活体，命名为"科利毒素"。尽管限于当时的时代背景，"科利毒素"的有效率并不高，但穷尽科利一生，他仍然治愈了很多癌症患者。遗憾的是，由于"科利毒素"并没有一个标准，全凭科利自身的经验，加之治疗中通常伴有严重的副作用，有的患者甚至还没来得及等到毒素生效就因严重的感染离世了。"科利毒素"并未得到美国主流医学的认可，甚至科利所在医院的院长，就是"科利毒素"最大的反对者。

1936年，治疗理念没有得到认可的科利去世了。这个时刻，在免疫治疗的百年发展历程中已经过去了四十年。科利去世后，癌症免疫学最重要的人物出现了——海伦·科利，科利的女儿。

在整理父亲的遗物时，海伦意外发现了父亲的研究手稿。她意识到：如此重要的研究成果，不能就这样随着父亲的离开而被淹没。于是，这位从未学过医的门外汉，开始了长达一生推广癌症免疫的道路。

海伦前前后后共碰壁了十余年。她尝试过无数方法，也联系过无数顶尖的研究者们，但门外汉加一位女性的身份，让她碰壁无数（事实上，通过十年的研究，海伦早已不是一个医学门外汉了。她甚至超前性地提出了"科利毒素"是通过免疫系统起效的理论）。

1953年，海伦终于说服了一些研究者，成立了一家癌症研究所，并吸引了一些年轻科学家们加入，其中包括癌症免疫的传奇人物——埃德·奥尔德。在这个癌症研究所中，癌症免疫的秘密一一被揭晓。埃德·奥尔德在后面的五十年内，做出了一系列革命性研究成果，发表了八百多篇研究论文，极大地推动了基础免疫学和癌症免疫学发展。他没有得过诺贝尔奖，但所有人都必须承认，他是对整个癌症免疫学的贡献最大的人之一。

癌症免疫学从这一刻开始迈入了快车道。如果没有科利父女以及后续科学家们的终生奋斗与坚持，我们的癌症治疗或许将面临另外一番光景。时至今日，历经百年，肿瘤免疫治疗已经从最初的不知道原理的尝试，发展到以PD-1抗体治疗为主的免疫治疗，正在逐步实现癌症的临床"治愈"。过程虽有曲折，但是我们在经历着一个最好的时代，也期待更多癌症治疗方法能使患者向五年、十年、十五年，甚至更长的生存期迈进。

癌症免疫疗法曾被各大顶级学术杂志评为2013年最佳科学突破。当年出版的《科学》杂志给予评论："今年是癌症治疗的一个重大转折点。因为人们长期以来尝试激活病人自身免疫系统来治疗癌症的努力终于取得了成功！"2018年诺贝尔生理学或医学奖授予美国科学家詹姆斯·艾利森和日本科学家本庶佑，这两位科学家正是在癌症免疫治疗领域取得了突破性的进展。2011年，百时美施贵宝上市了第一个真正意义上的癌症免疫激活药物。2013年，施贵宝和默沙东推出了作用于相同靶点PD-1的两个新药物，发布了令人震惊的临床效果：在所有已有治疗方案都失效的黑色素瘤晚期病人（多数癌症已经转移）身上，这两个药物让60%以上的病人肿瘤减小乃至消失了超过2年！要知道，这些晚期转移病人平时的生存时间只能以周计算。

大家对免疫治疗的了解都是从PD-1以及PD-L1开始的，它们对黑色素瘤、肾癌、肺癌、膀胱癌等的治疗效果都让人震惊。在第一批接受免疫疗法的患者中，据说已经有人存活了近十五年。当然很多人依然在争议免疫疗法是不是真治愈了癌症。其实对于我们广大患者来讲，是否治愈并不是我们评判的最终标准，因为治愈的概念本就不同。即便用现代医院检测手段无法再检测到癌细胞，我们就敢说癌症治愈了吗？恐怕还不是，记得李博士曾经这样定义，癌症 = 恶性肿瘤 + 血癌。如果免疫疗法可以让患者在携带癌细胞的情况下，做到长时间生存，我想我们就有信心将癌症从不治之症中划出去。

从第一次接触这个概念，到今天，越来越多的免疫疗法出现在我们眼前，仅仅针对肾癌就有若干种治疗药物。我们有信心癌症不再是绝症的那一天终会到来！但是对于癌症患者来讲，尤其是中国的广大患者来讲，想要接受免疫治疗还面临着很多的困难。一方面是很多的药物还没有经过中国相关部门的审批，无法在国内使用，另一方面这类免疫药物价格都是非常昂贵的，每个月的费用动辄十万元甚至更多，普通病人是根本无力承担的。为了解决这个问题，方方面面都在努力。国家正在加快审批，多种药物的上市会进一步拉低药品价格，我们的医保系统也在集中与厂家进行谈判，已经有一部分免疫药物纳入了居民医保。只是一方面我们作为病人，尤其是一些危重病人，可能没有太多的时间去等待；另一方面即便纳入医保很多药物的价格依然是普通家庭难以承受的。所以需要这个社会从方方面面去努力，需要我们更为完善的保险体系。希望免疫疗法能够让更多的患者受益，希望外来的好消息会越来越多。在此，向在这一领域辛苦探索的科学家以及医务工作者致以最高的敬意！谢谢！

中国癌症基金会、中华护理学会肿瘤护理专委会组织专家编写发布了《肿瘤免疫治疗患者教育手册》。该手册包含三部分内容，分别是肿瘤免疫治疗概述、肿瘤免疫治疗相关不良反应以及出现免疫相关不良反应应该如何自我管理。该手册旨在帮助患者及其家属或照顾者更好地了解肿瘤免疫治疗，包括肿瘤免疫治疗的概念、种类、免疫相关不良反应的管理。所有内容均主要由专家从最新临床试验、研究和专家意见中获得的证据编写和审查通过。

有需要的读者可以在网上检索全文内容，它会对你或者家人的治疗起到一定作用。

谈到抗癌治疗，就不得不提靶向药物。靶向药物是指被赋予了靶向（Targeting）能力的药物或其制剂，其目的是使药物或其载体能瞄准特定的病变部位，并在目标部位蓄积或释放有效成分。靶向制剂可以使药物在目标局部形成相对较高的浓度，从而在提高药效的同时抑制毒副作用，减少对正常组织、细胞的伤害。

肿瘤的靶向治疗全称是分子靶向药物治疗。顾名思义，就是使合适的抗癌药物瞄准癌细胞上的分子靶点，"精确打击"，实施杀伤癌细胞的独特治疗。这种靶点仅存在于癌细胞，是指在分子水平对癌细胞生存繁衍起重要作用的特定的蛋白分子、基因或通路，这个分子靶点可能是一个，更可能是多个。靶向药物就是针对这些靶点，对肿瘤细胞本身或其诱导的微环境进行特异性干预，使癌细胞死亡或失去功能。由于良性细胞没有这些靶点，靶向药物对它们不起作用，不会伤害正常组织细胞。

显然，和传统的放化疗完全不同，靶向治疗是一种全新概念的治疗。靶向治疗与常规化疗有何区别？简单来说，常规化疗药物通过杀伤生长活跃的细胞发挥作用，但不能准确识别肿瘤细胞。因此在杀灭肿瘤细胞的同时也会殃及正常细胞，容易产生较大的不良反应。而靶向药物是针对肿瘤特异性分子和基因开发的。它能够结合肿瘤细胞或组织特有的异常靶点，阻断某一特定通路，从而杀灭肿瘤细胞或阻止其生长。因此靶向药物有着与化疗完全不同的不良反应，总体来说，不良反应较化疗小。虽然靶向治疗多数情况比单纯化疗的疗效要好，有时甚至可能获得"奇效"。但实际情况要复杂很多。同一种癌可以有不同的靶点，而不同种的癌可以有同一靶点。这都使得当前靶向治疗药物的应用受到极大限制。实际上各种靶向药物的治疗有效率少有超过半数者；而且一旦有效，治疗即不得中断，连续多年保持"奇效"的还只是不多的个例。所以，理论的推测和实际治疗效果还有较大差距。多数靶向治疗还需与化疗配合使用；有时还要多种靶向药物合并应用才能有效。

现实中还有一个问题限制了靶向药物的适用，那就是多数靶向药物非常昂贵，很多人经济上难以承受。目前我国医保暂时也只能覆盖小部分靶向药物。有些靶向药物在我国实施了慈善赠药活动，可以部分减轻患者的经济负担。每种靶向药物的慈善赠药规定各不相同，手续比较复杂，但有一些共同的要求，患者一定要留意：保存治疗过程的所有资料（病理诊断、除因证明、病历摘要、影像学证据、历次处方及付款发票的原件或复印件等）以备查询，有的还需要出具你的个人及家庭收入状况的证明。读者朋友们需要做一个有心人，这些信息的获得部分可以通过医院以及医生获得，根据我个人的经验，加入一些抗癌的民间组织会更为有效，接下来我会跟大家分享一下这方面的心得。

更多关于靶向药物的具体情况，建议患者朋友或者家属参考上面介绍的李博士的两本科普书籍。免疫治疗的出现似乎减弱了前几年关于靶向药物的热情，而免疫药物 + 靶向药物的组合，被业内称为某些癌症治疗的王炸。因为我不是专业医生，所以无意在这里跟大家分享过于专业的医学知识。作为病友，我建议读者们，包括病人自身或者家属，可以按照以下的思路，开展个性化的、有针对性的诊疗，也就是癌症检查—癌症确诊—手术治疗—基因检测—有针对性地选择化疗、放疗、靶向药物、免疫治疗或者联合治疗，根据病情进行评估，更换药物或采用其他治疗方式。提醒大家要注意的是，无论是何种治疗，一定是在科学评估、了解自己病情以及身体情况的前提下，与自己的医疗团队进行充分的沟通下做出的，切不要用自己的固执去对抗医疗团队的专业。

关于谈谈癌症治疗的互助组织。

近十几年，"癌症"这个词汇越来越多地出现在了我们国人面前。最新的癌症数据调查报告显示，全国每天约一万人确诊癌症，每分钟约七人确诊癌症，从〇至八十五岁，个人患癌症的风险高达36%。中国的癌症患者群体越来越庞大，背后也孕育着更为庞大的癌症家庭。

我们国家的很多问题，究其根源就在于我们庞大的人口基数。很多问题在国外也许不是问题，但是放到我们国家就会成为大问题。医疗资源的紧张就是其中之一，医患矛盾有些是制度以及资源的必然。作为病人我们很多人都有过这样的经历，预约专家需要一周，见到专家需要等待半天，见了专家也许只有几分钟就被打发了。其实我见到的所有医生，都是很负责的。但是没有办法,下面的患者还在等着,而时间是有限的。所以在癌症治疗资源有限、癌症宣传教育有限等等前提下,我们走投无路的病友们也开始了各式各样的自救。其中我觉得比较成功,也值得去推荐的就是各种互助组织,而我个人也是在术后的康复阶段才加入了这样一个民间团队。其实说是团队,无非就是微信群,qq群。但是就是这样简单的组织形式,对我们了解疾病、判断病情、选择合适自己的治疗方案会起到很大作用。你会在这样的群里找到跟自己相似的病友,也会找到抗癌明星。如果我能在被诊断之初就加入这样一个群体的话,可能会化解很多不必要的焦虑。我加入的小群体有个好听的名字——肾爱快乐村。当我刚刚入群的时候我都很难理解,大家都身患绝症,哪里来的这份幽默感呢?后来我发现,群里有来自各地的病友,病友家属。大家年龄不同,性别不同,病情不同,但是都有一颗要战胜疾病的决心。群里的各类病友,有的会每天发送一些抗癌的小文章,有的会根据自己的经验帮新人分析病情,有的会将最新的治疗手段、药物的情况与大家分享。我很少在群里发言,但是我每天都会关注大家的交流。很多病友以及家属也许在医生那里得不到很好的解答,而病友们总会耐心、细致地给予解答,有的病友还会介绍好的医疗资源给大家。

这个群体,大家虽然都不曾相识,但因为患病让大家的心都串联在一起。有尊严的生存,利用科学、理性的方式抗击癌症，是大家共同的心愿。我建议大家可以积极选择加入这样的群体，抗癌明星杰人天相也在其抗癌著作《我与癌症这九年》中分享了这样的理念。他的癌友圈更加活跃，还会经常组织相应的聚会，交流病情，交流康复经验。无论是博友圈还是微信朋友圈，在我们抗癌的过程中，尤其是康复期，这里都是调节我们心理的重要阵地。大家也知道，除了少数危重的癌症，大多数癌症患者会经历一个相对较长的治疗时间。这个阶段的精神压力可想而知，而我们的现实是大多数人没有信仰，没有心理医生的干预。如果没有更为科学的调节心理的方式，罹患癌症后一方面是身体上的痛苦，另一方面在精神上对生活感到无力，对未来充满绝望，对前途感到恐惧。而在这样的心理状态下，恢复健康无疑变得更难。我个人感觉癌症病人心理以及精神上的调整有时候比药物治疗更为重要，也更为紧迫。

这个时候我们如果无法寻求信仰的支持，无法得到专业心理医生的指导，那么更离不开自愈或者家人的帮助。病痛本身就会消灭掉病人很大的一部分自信与乐观，如果此刻有一群虽然并不相识，但是经历过全部过程的一群可爱的病友，情况会有很大的改观。所以我建议大家积极加入到癌症治疗互助群，与病友们进行积极有效的沟通。但是请注意，就像之前说的防骗一样，这里要提醒大家注意一些善意的错误。因为互助群里有各类患者，甚至不排除会有个别心怀不良企图的人，利用癌症患者求生的欲望来诈骗大家的钱财。

要避免这种情况的方法有很多。首先,我们要在头脑里清楚地知道,没有所谓的灵丹妙药,更没有任何民间偏方可以治愈癌症。如果有,这样的故事一定是编出来骗人用的。其次,想要交流的内容尽量在群里公开进行。如果有人私下与你联系且推荐所谓的药物或者疗法,那么请警觉起来。总之,如果能尽早加入一个负责、温馨的癌症患者自助群,会对病人的心理调整以及治疗、康复方案的调整起到重要作用。

寻找加入这样的互助群的方法其实并不复杂。读者可以在腾讯QQ中搜索相关癌症病种的名称,一般会有好多群出现,根据参与人数的多少选择一个即可,进群需要验证病人身份。进群后先简单浏览下大家的情况,看大家发言的情况,一般就能有所判断,如果确定是可以使用的交流群,便可以参与其中了。希望读者朋友们能够好好利用这样的资源,也希望有好的抗癌经验的病友多多参与这样的互助群,在帮助自己的同时,也能帮助别人。送人玫瑰,手留余香。

这都是我个人的经验或者教训。水平有限无法讲得更为全面,说实话,与患者一同经历癌症打击的情况下,再要求家属们如此付出,我于心不忍,也觉得给大家添了麻烦。但是一家人中终归还是一家人。相信绝大多数的家属是乐于我分享这样的内容给大家的。希望在你们的悉心照料下,更多的癌症患者能够得以恢复,能够长期生存。你们最无私的爱,能让健康的阳光再次洒向你们每一个幸福的家庭!

第五章
写给正在奋斗中的我们

1 给年轻朋友们的一封信

亲爱的朋友们,很高兴,在你阅读这一章节时,依然是健康的个体。请不要笑,当你还在用不健康的饮食、抽烟、酗酒、熬夜等不良生活习惯任意挥霍你的健康的时候,很多人已经失去了这样的资本。

我曾像你们一样,认为癌症与我相距甚远。然而就在这几年,我身边的朋友被查出罹患癌症或者其他重疾的情况已经屡见不鲜。如果你们不注意自己的健康,肆意挥霍自己的身体,总有一天你也会为之付出代价的。

我们常说,很多事情只有我们失去后才懂得珍惜。为什么我

不畏死生
——一个奶爸的抗癌笔记

们不能在失去之前有所警醒，有所防范呢？回想自己患病的经历，我很遗憾没有一个过来人跟我谈论过或者开解过我，让我得以摆脱不健康的生活方式，让我懂得调整自己，懂得接受，懂得失。让我认清什么才是我们人生中最重要的东西。是金钱？是职位？是学历？是地位？还是外界对你的评价？我想在我患病的那一刻，我才知道原来健康才是第一位的。没有健康，一切都是虚妄。在这里我要澄清一点，看清自己生命中什么才是最重要的，并不是引导大家放弃人生的追求，消极地对待这个世界。恰恰相反，当我们懂得什么才是我们人生中值得追求的时候，我们才能充分发挥所有的主观能动性，把那个真正的自我充分发挥出来。我想李开复老师的例子对大家是个很好的警示。李老师无论从家庭还是成长经历，都算得上人中龙凤。他的理念在患病前都是"世界因我而不同"，改变世界的责任似乎都压在他自己的肩上。我想我的读者们，我们可能很少有人能够有李老师这样的资质以及成就。然而就是这样的天之骄子，在罹患癌症后，依然对自己进行了深刻的反思。他开始认识到自己在很多地方实质上是本末倒置或有所偏误。曾经的空人飞人、创业导师最终发现原来健康、爱情、亲情、友情等才是这世上最值得追求的东西，而其他的一切仅仅是我们为了让它们更美好的方式。李老师只不过也只是万千病友中的一员。我想当你跟每一个癌症患者交流时，他们肯定都有很多的经验与教训等着与大家交流。我也想给大家一些建议，希望对大家有所帮助。

第五章 写给正在奋斗中的我们

首先,建议大家要有一个健康的生活方式。我见过很多的年轻朋友出于种种原因,让自己长期处于一种不健康的生活状态。每天吃着来源不明的外卖,抽烟、酗酒、熬夜等,这些都是癌症的明确诱因。如果你正在这个状态中,请抽出一段时间,静静想想自己的生活是否真的必须这样?我们的生活是不是可以稍加改变,变得更加健康呢?饭菜是否可以经常自己来做?戒烟、戒酒是否真有这么难?是否可以更有效率不再经常熬夜?我想只要我们想改变,就一定有办法。

第五章 写给正在奋斗中的我们

　　我想在众多的压力中，经济压力一定是很多年轻朋友不得不为之牺牲自己健康的理由。民间有这样一种说法，年轻的时候以命搏钱，老了以后以钱搏命。不知道这样的理念从什么时候开始流传，但是细品起来似乎又耐人寻味。具备一定的经济基础，是我们更好的生活以及应对未来可能发生风险的必要准备。不知道有多少家庭因癌致贫、因病致贫。其实如果我们的经济状况能够更好一些，准备得更充分一些，也许很多的疾病是可以治疗的，至少是可以维持的。就像李开复老师、凌志军老师等，他们的疾病虽然凶险，但是他们应该没有任何经济上的压力，可以选用最好的医生，最好的治疗方案，也无需再为了收入而牺牲任何自己的健康。而像我自己一样的大多数病人，不得不面对经济上的压力。既然如此，我们就要在还健康的时候未雨绸缪！我想我们不需要特别有钱，但一定不能特别缺钱，所以在2020年的新年计划中我已经强制自己储蓄，每个月收入的30%都作为强制的储蓄。不过我觉得凡事都不要走极端，赚钱并不是万能的，银行卡上的数字积攒到一定程度就会给你带来一定的安全感。你要记得，这世界除了柴米油盐还有很多东西值得我们去追求，我想只要我们在自己的能力范围内做到了80%，就已经足以对得起我们的生命，没有必要太对自己苛责！如果你能明白除了必要的经济条件，我们更要关注更多的诗和远方，也许就会减轻很大的压力。

　　当然除了储蓄，还有一个东西我要特别提示大家，那就是

165

不畏死生
——一个奶爸的抗癌笔记

关于保险。首先要跟大家说明的是，关于保险的问题我自己是有惨痛教训的。因为没能及时给自己投保，最终无法在保险中获益，所以我的经济压力一直很大。如果我能早点具备保险意识，也许对我的恢复以及未来都会更加有保障。后来我将我的经历作为最好的案例，讲给身边的很多年轻人听。他们大都听取了我的建议，及时为自己投保了一份重疾保险，为自己增加了一份保障。写这本书让我终于有机会更多地跟大家分享这个教训，希望每一个读到这部分内容的读者都能尽快给自己完善一份保险，为自己也为家人增加一份保障，也许这份保障在未来能够挽救你的生命。

我没有在保险公司工作的亲属，也无意给任何一家保险公司推销任何产品。我分享给大家的是一个活生生的教训，希望大家都能比我更幸运。运气总是给有准备的人，而我希望大家成为那个有准备的人。

我建议从孩子出生开始，在经济条件允许的前提下，就应该投保相应的保险。当初对保险行业的认识，跟我年龄相仿的人一定懂得那份尴尬的存在。商业保险开始在我们国家推行的时候，由于行业制度不完善、保险公司管理混乱、销售人员素质不高等问题，我们从小就在头脑里种下了保险就是骗人的这种印象。所谓没病光交钱，有病不给报，一堆术语，一堆免责一旦真需要了，保险往往无法发挥相应的作用，所以大家都对保险避之不及。很多时候一说那个人是卖保险的，大家都觉得那是不务正业（请做保险的朋友见谅，我只是说点当时的现实情况，无意冒犯。如果你觉得不客观请咨询十年前的老业务人员，看看我说得对不对）。

其实理想的状况下，我们应该有下列的保险保障。第一类当然就是我们国家的社保。第二类是住院险，第三类是重大疾病险，第四类是人身意外险。在我患病的时候，我已经从银行辞职到律所工作，而律师这份工作的性质决定了单位是不会给你投保除社保外的其他保险的。我当时虽然有点保险意识，但是总觉得风险离我还很远。直到我给新出生的儿子买保险的时候，我才想到给自己是不是也增加一份保障。而当时经济上的不宽裕，以及考察各类保险产品又浪费掉了我很多的时间。我正式投保都是在我查出患病前不久，而一般保险都有或长或短的观察期，观察期内出现问题是不予承保的。我只能如实告知，退掉了这些保险。如果能早一点投保，那么我就能在患病之后得到更好的一份保障。幸亏我的病情还没有到那么危重的地步，没有化疗、放疗，没有服用靶向药物，没有用免疫治疗，不然我将面临一场人间悲剧，也就是有的治，没钱治。我并不是夸张。我的家庭是一个普通家庭，父母甚至都算不上有很多病友家属那样正式的工作，一辈子辛苦最大的成就就是把我供养大。本想着我能撑起这个家，父母他们能颐养天年，但是谁知道我又如此不争气，年纪轻轻得此重病？我自己清楚，我们那点家底是经不住癌症治疗产生的高昂费用的。举个例子，治疗我患的肾癌，有一种药物叫多美吉，它的正式名字是索拉非尼，2006年9月中国获批上市，作为进入中国市场的第一个肾癌分子靶向药物。在还未纳入医保的时候，这样的药物一盒的价格大约在25 000元，一个月大约两盒的用量，一个月仅仅这个药物的费用就要5万元，用我自己的收入水平来衡量一下，我每个月收入大约在1万到1万5。也就是说，如果要服用这个药物，一个月我的经济赤字就是3万到4万元。2019年纳入医保后一盒的价格降到了12 000元左右，一个月两盒，费用也在24 000元，也就是说即便是纳入医保我想我还是无力承受的。我想大多数普通患者也是这样。这又让我想起当时岳母说的话，"癌症治疗是个无底洞，最终人财两空"！但是如果大家有完善的保险方案来支撑，我想能减轻大家不少的压力。除了住院的费用能够大部分报销外，如果必须采用靶向药物或者最为先进的免疫治疗，保险公司一般也会提供一笔相当可观的资金支持或者给予报销。这样病人可以毫无压力，用最好的方式来延续自己的生命。而如果没有这些保障，我相信众多像我一样的普通家庭是无力支撑这样的花费的。多少次我目睹医院里家属没有钱治病的痛苦，最无助的就是知道有办法，而没有能力去支付。为了避免这样的人间悲剧，大家应尽早完善自己的保险方案，未雨绸缪。如果你的经济条件较好，请一并帮父母、家人、孩子都准备好，尤其是在他们还健康的时候。绝大多数的保险承保的条件就是被保险人身体健康，一

第五章 写给正在奋斗中的我们

般已经出现疾病，再想投保就来不及了。就像现在的我，如果有保险公司或者某给险种能够让我投保，一年交纳多几倍的价格我也愿意。但是至少在当下的中国，我是没有这样的机会了。让我揪心的是，我发现我身边众多的朋友，尤其是已经患病的病友，很少有人能有这样的意识。一旦患病不仅要经受治疗带来的身体以及精神上的折磨，整个家庭还会因此背上沉重的经济负担，因病致贫成了很普遍的现象。这让我又想起了《我不是药神》这部电影。我想看过这部电影的朋友一定对剧情里的各类病人有深刻的印象，这些病友都是无力支撑正版药物昂贵的价格。我想这也是现实当中众多病友面临的问题。所以，改变过去我们对于保险的错误认识吧！趁着健康还有机会，为自己的未来以及家人的未来都投出一份保障。不要再走我们这一代病人的老路！当年那位热心给我讲解保险知识的大姐曾经这样跟我说过，别人讲的都是故事，自己身上发生的却是事故。很有哲理。但是如果有10个人能看到我的文章，然后去完善了自己的保险我就觉得是件很有意义的事。如果能有100个人这样去做了，那就是功德无量的事了。

2　再谈谈健康理念

我曾读过很多关于癌症治疗以及康复的励志类书籍。其中绝大多数都是写给病友以及家属看的，很少有健康的年轻人会去认真拜读。但是癌症真是可以早期防治的，我实在不想看着越来越多像我一样甚至比我还要年轻的人，早早就走上了抗癌这条有希望但毕竟艰辛的道路。所以我想在本书中专门给年轻的朋友谈一谈。希望年轻的读者朋友们在看到我的故事以及我的建议后，能有所醒悟，能反思一下自己当下的生活方式是否健康。请大家认真想一想，我们是不是病得起。如果我们病了，未来该怎么办？家人又该如何面对？

首先，请尊重自己的生命。请记住生命只有一次。健康这东西在你没有患病前是经得起折腾的。一旦失去了健康，你将失去重来的机会。读者朋友们，此刻请你想一想你现在的生活状态。是不是很少正常地吃一顿早餐？是不是一日三餐全靠外卖度过？是不是经常熬夜？是不是经常吸烟、酗酒？是不是过度透支了自己的身体？是不是很少运动？是不是被电子产品所包围？是不是不会宣泄自己的情绪？是不是自己长时间处于忧郁与压力之中？

上述情况都是癌症的明确诱因。也就是说，如果你的生活方式与上面的问题关联越紧,你患癌症的可能性也就越大。这并不是危言耸听。在我三十岁患癌之前,我也从没有想过,年轻而又活力十足的自己会跟癌症挂上钩。而一旦失去健康,很多东西都会随之而去。你的未来,你的希望,你的抱负,你的所有追求都会因失去健康而不得不修正。如果你处理不当,甚至会永久地失去追求的权利。我想这是每一个年轻人无法接受的,也不想去面对的。时至今日,除了基因导致的癌症外,我们生活的外部环境越来越恶劣。比如我生活的城市每年都会出现的雾霾,某些地区的水污染,噪音污染,化学药品、农药等的残留、辐射等等,让我们更容易受到疾病的困扰。经济上腾飞的我们也给生活带来了很多新鲜以及刺激,变本加厉地挥霍着我们的健康。患病的概率毕竟是有限的,很多的年轻人都会认为自己不会是那个倒霉鬼,所以大家都漠视了自己健康中的隐患。对我而言,我连羡慕这些糊涂虫的机会都没有了。癌症让我早早地就面对了生死,其实分析为什么得癌症对我个人而言已没有太多意义,但是却可以对周围的年轻人起到防微杜渐的警示作用。我不想让任何一个活力四射,任何一个对家庭来讲都独一无二的你受此摧残。

大家要有正确的健康理念与生活方式。这个话题其实很大,生活方式包括了我们的衣食住行,而往往年轻的时候我们是不会关注这些问题的。我们常常会笑话手拿水杯、泡着枸杞的大叔,但是在过来人眼里,我们只是不懂得养生的毛头小孩罢了。

　　我身边有太多的年轻人连最基本的健康饮食，最基本的睡眠质量都保证不了。他们暴饮暴食，长期处于高盐以及高油脂的环境中。要知道，我们所购买的大部分外卖食品都是缺乏一定的安全以及健康保障的。也许很多人会跟我说我没有时间，但是真的是没有时间吗？我们又花了多少时间在手机上打发无聊呢？我们真的是因为工作而忙到如此程度了吗？恐怕99%的人并不是因为真地忙到了如此的程度，而是因为我们足够懒，懒到可以不断牺牲自己的健康。收起所谓没有时间的谎言吧！让自己动起来，为自己或者为家人负起我们应尽的责任。好好对待我们的身体。其实抽出时间，用新鲜的食材做出美味健康的食物并没有那么难，需要的只是我们热爱生活，爱惜自己健康的心。

　　再说说睡眠的问题。睡眠问题在当今世界成了非常让人头疼的世界级难题。除了声光电的污染外，工作以及生活的压力，都会给我们的睡眠带来麻烦。但是我个人的感受是，身边很多朋友的睡眠问题都是自己造成的。生活作息不规律，过度饮茶以及咖啡等，甚至只是无聊用手机打发时间。如果是上述几种情况我觉得改善起来倒也简单。不规律的我们让它规律起来，饮品做到合理饮用，睡前看看书，泡泡脚，做点有意义的事情。最难的是有些人已经形成了心理负担，这也许就不是一两句话能够解决了，需要专业心理医生的介入。这里我引用李开复老师介绍的五个优质睡眠的诀窍，希望对失眠或者睡眠质量不高的年轻读者有所帮助。第一睡前不要安排费时费力的工作；第二设定一个停止工作的时间，睡前加班，远不如第二天早起再做效率高；第三，记录每天睡觉和起床的时间，养成健康的睡眠习惯；第四，不要因为失眠感到压力大，放松最好；第五，睡眠的质量比时间更加重要，让自己处于舒适的状态。

我再给读者们介绍一下自己的经验。我在手术之前，睡觉总是不踏实，很容易半夜醒来。手术后，我就按照中医的养生方法，每天晚上准时泡脚，然后按摩涌泉穴等几个穴位，让自己心情舒缓下来，尽可能地营造有利于睡眠的环境，香薰、温柔的音乐等等我都尝试过，我的睡眠质量慢慢就有所提高。还是那句老话，贵在坚持！

要有健康的身体，同时要有健康的心理。这里要跟大家讲的是如何缓解压力。因为中国的父母以及亲朋好友在施加压力方面都是行家，但是如何减压恐怕没有几个人能弄清楚。怎么办呢？我想还是需要我们自救。我读过十几个抗癌斗士的或者成功或者失败的故事。其中无一例外都提到了压力容易导致我们的健康出现问题。而反思我自己生病的原因，心情长期的压抑以及工作生活不顺利带来的压力无疑是非常重要的诱因。每一个病人在谈到这个问题的时候最后都会总结，其实这些压力本没有那么重要。我们曾经视为必须的一些事情，在失去健康后，才明白原来并不是那么不可或缺。

不畏死生
——一个奶爸的抗癌笔记

在这里我还是和年轻朋友谈谈如何减压。当然请不要误会，我丝毫没有让大家放弃对美好生活追求的意思。有追求跟有压力是两码事，而我说的这个压力，指的是在我们身体健康能承受的范围之外的压力。这里的压力可能来自经济，可能来自学业，可能来自职称，可能来自地位等等。其实归根结底，就是我们还没有学会接受自己的不完美。我们要求自己在所有的时间里都要保持着理性与智慧，高度自控，不能发泄情绪，不能示弱，不能接受自己的平凡等等，这些都会造成巨大的压力。这些压力又向谁而去呢？亲人朋友？恐怕你会众叛亲离，那只有一个渠道，就是内向侵害自己的身体。我们要正确对待除了健康之外一切身外之物。我们追求美好的生活，但不是苛求，无需苛求自己，更没必要苛求别人。世界卫生组织很早就给健康下了定义："身体、精神和社会生活的完好状态"，想想这样的健康允许我们背负以上那些妄念以及压力吗？恐怕不行，我个人觉得首先要做的就是从内心里接受这个世界以及我们自身的不完美，然后找到舒缓各种压力的方式。知足常乐很多时候能救我们于水火之中，但说实话，要做到知足常乐并不容易。

真正能明白其中道理，又能应用于生活的都是有大智慧的人，我不奢望自己或者读者们都成为大智慧的人，但是我想我们都能成为一定意义上的聪明人。你们说呢？

3 写给正在奋斗的我们

当初我想要写这么一本书的时候，除了写给家人的心里话以及病友、家属之外，还有一个群体就是像我一样三十来岁正在奋斗路上的年轻人。在这个年纪也许你刚刚承担起家庭的责任，也许你刚刚在工作上崭露头角，也许你刚刚开始一段温馨的爱情。无论从哪个角度，三十岁左右都是人生最好的年华。褪去了一些学生时代的青涩，没有中年人的油腻与世故，应该是最有追求，最有活力的一群人，然而也是风险相对较大的一群人。之所以这样说，是因为对于再年轻一点的朋友，他们基本处于学习阶段，不会有太多工作、生活的压力，而人到四十岁以后，往往已经有了一定的积累，经济上、智慧上都有积累，而且也越来越重视自己的身体健康。一般会规律地体检，开始加入了养生大军。而我们这个年龄段的人是最微妙的，开始承受各种各样的压力，开始人生新的篇章。如果一场大病不期而至，对我们的打击将会是毁灭性的。

我想跟大家强调的是，不错，年轻也会得癌症，统计数据上的千万分之一也好，百万分之一也好，仅仅只有统计意义。一旦患病，我们就是那个百分之一百的倒霉蛋！

所以我想给正在奋斗中的我们提出以下九点建议。

第一，清楚并尽可能地远离致病的危险因素。引发癌症最相关的是年龄，但年轻也依然会得癌症。除了年龄，我们还会因为基因问题、环境问题、食品问题、辐射等等罹患癌症，所以年轻人一定不要掉以轻心。对于基因以及遗传问题，我想好莱坞明星茱莉亚·罗伯茨给我们很好的榜样。虽然她的做法不一定科学，但是至少我们要清楚自己是否有家族性的癌症基因，明白自己遭遇风险的大小，从而有意识地关注自己的身体。对于食品问题，我想健康的饮食理念很容易听到，但是很难做到。为了健康我们是否真能管住我们的嘴呢？至于环境问题等，我们尽可能地要注意远离各种可能存在危险的环境，躲避不了就尽可能防护。总之，我们要善于总结，勤于应对，让自己远离致病的危险因素。

第二，健康的生活理念应该贯穿一个人生命的始终。我们现在还无法避免自然规律——人终将面临死亡，但是我们却能控制人这一生中短暂的过程，让自己拥有健康的身体状态以及心理状态，避免危险因素使自己患病。

第三，定期体检。不要因为自己年轻，就忽略了定期体检。现在很多单位都会安排每年体检，但是真正重视这个体检的人却很少。如果自己不重视，很多时候就会错失早期发现的机会。要重视日常体检，做每一项检查时跟医生进行一定的沟通，不要怕耽误医生的时间，更不要怕泄露自己的隐私。要充分利用好体检的机会，筛选自己可能的不适。

现在想想，如果不是我当时去体检，如果当时没有跟医生好好沟通，如果我没有在发现问题后及时复查，及时治疗与手术，半年时间肿瘤君已经长到将近3厘米。如果再拖上一年，后果将不堪设想。务必利用好每一次体检机会，给自己的健康来一次全面检查。如果有必要甚至可以单独缴费去补充检查一些必要的项目。相信我吧！平时为健康的一点支出，跟患病后的花费比起来简直可以忽略不计！但是请别走入另一个误区，也就是过度检查。如果你没有太明确的症状，肿瘤标记物以及PET/CT等检查还是不做为好。让我们为本就紧张的医疗资源做点贡献吧，把那些资源留给真正需要的肿瘤患者！

第四，无论你此刻的经济状况如何，请为自己购买一份能够充分预防风险的保险。这个理念我在前面已经提及，并不是钱一定能救命，但有钱在一定程度上能够避免一些人间悲剧。现代癌症的治疗方式越来越多，质子手术、免疫治疗、靶向药物等等，甚至有些患者走出国门去癌症治疗最为发达的美国求医，这将是一笔巨大的花费，仅凭我们的工资，恐怕我们是无力支付的。如果你现在经济状况还不错，就找个靠谱的保险公司，靠谱的业务人员为自己投出一份足以应对风险的保险。如果你的经济状况不好，那你更应该留出一部分收入，为自己可能出现的风险提起前做好准备。实际上我们越年轻，保险的投入越少，一旦患病，说这是一笔救命钱一点也不夸张！我之所以多次给大家推荐买保险，一方面是因为我很遗憾没能享受保险带来的好处，患病后承受了很大的经济压力，不得不早早上班，养家糊口。我住院期间以及接触的一些病友，甚至连基本的医疗费用都支付不起。这些家庭的支柱，这些年幼孩子的父母，一旦倒下，将会是一个家庭的悲剧。我亲眼见过多次这样的人间悲剧，朋友们，不要再因为保险公司的过去而对保险抱有偏见，根据自己的经济情况，适当为自己买一份保障吧！切记！切记！切记！

第五，不要过多摄入维生素以及轻易尝试任何所谓的保健品。我们现在的生活被各类保健广告所包围，而我们城市里最常见的是各种药店，而药店里利润最高的就是保健品类。当你健康的时候，喝点菊花之类的去去火还行，但对于那些冬虫夏草、鹿茸、人参、袋鼠精，不要被商家的宣传所欺骗。靠这些东西提高免疫力还不如多走出去锻炼身体来得可靠！

第六，别再以年轻要奋斗为借口，牺牲我们的健康。工作认真、负责是必要的职业道德，无休止的加班、应酬、熬夜等等也许会给你带来些许所谓的成就感，但是一旦身体透支，躺在病床上的你会发现，你的想法是多么的愚蠢。高收入、名誉、地位等等都是那么脆弱，因为它们无法替你承担病痛。直到现在我身边依然有很多朋友在超负荷工作，每每联系都是在加班、应酬。有的朋友熬夜成为了常态，而恶果也渐渐显现，脑出血、肾衰竭、猝死，这几年在我的周围已经多次出现。无一例外，这些朋友都是我朋友圈里最忙碌、最不好找、最有追求的一群人！但是一旦健康失去了，其他的东西还有那么重要吗？必须果断拒绝那些效率低下的加班，果断放弃那些无聊透顶的应酬。所谓加班，所谓应酬并没有想象的那么重要。对于我们的家庭以及所有爱我们的人来说，健康才是我们的唯一！

第七，不要忽略了我们人生中真正重要的亲情、友情。患病之前我也一直标榜自己是个有为青年，经常以工作繁忙为由很少跟父母沟通，越来越少跟朋友聚会。但是当我生病后才发现，自己对于任何一个单位来说都是微不足道的，而对于我的家庭以及朋友们来说，我却是唯一无二的。被你忽略的家庭、父母以及朋友在这个时候会对你不离不弃。我们总会在失去后才懂得珍惜。我希望每一个看到这里的读者能够有所感悟，多花点时间在我们的家人以及朋友身上。

第八，珍惜活着的每一天，勇敢追求自己梦想。现在流行这么一句话，"我们不知道明天跟意外哪一个先来"，现在看来，这句话不像小时候吓唬小朋友那么简单，越活越觉得说得有道理。不要因为忙碌，放弃了自己该做的或者想做的事情。想到了就要去做，这样即便明天我们面临死亡，至少在今天我们已经做到了能做的最好！如果很久没有见到父母了，马上安排回家陪爸妈吃顿大餐吧！如果你已经计划了很久的旅行，制订计划，尽快成行吧！如果你想吃、想学、想看、想做，制订计划，尽快去完成吧！不要把遗憾留给明天！

第九，自律。之所以将这个理念放到最后，也是因为它最重要，并且最难做到。不知道你没有这样的感受，拿起手机刷视频，时间越长越觉得空虚，偶尔的放松甚至放纵会让人感到身心愉悦跟放松，但是如果一直保持这样的状态，就无法再给你带来更多的喜悦。自律这件事是完成上述八种理念的基础。没事早点休息，多读书，避免浮躁、焦虑。我们要学会断舍离，把自己从那些虚伪的快乐中解脱出来。

4 与保险经纪师面对面

关于保险的话题，我在本书中多次提及。教训不可谓不深刻，直到现在我因为无法再购买保险产品而对未来可能出现的风险充满焦虑。但是时至今日身边很多的亲人、好友仍然没有意识到这个问题，即便认识到了也少有真正重视起来，并科学、合理地为自己或者整个家庭配置充足的保险产品。其中的原因多种多样，我不是保险行业的专业人士，虽然能够以身说法，多次呼吁大家重视保险的配置，但终究不如专业人士讲得更加清楚，更加具有可操作性。因此我跟从事保险经纪工作多年的亓文老师进行了一次关于保险的专业沟通，希望读者通过其中的内容，更加了解保险能够带给我们的好处，并尽快行动起来，为自己甚至为整个家庭规划一份科学而合理的保险方案。

我：首先感谢亓老师今天能接受我们的咨询，因为保险作为我们日常风险防范的有效措施是很必要的。我个人曾经因为保险意识不足，在真正需要的时候却最终没能通过保险受益。由于保险公司众多，保险产品也相对繁杂，对于普通消费者来说如何为自己以及家人购买保险，购买什么样的保险都是个技术活，很多人就因此而放弃了投保。很多时候我们找了很多公司，看了很多产品，仍然不知道该买哪个。

对这个问题您怎么看呢？

亓老师：这是消费者在购买保险时候普遍存在的问题。我的建议是，从自己需求出发，先思考人生会遇到哪些风险，想要用保险解决什么问题，预防什么风险。进而了解保险保障体系有几个部分、分别解决哪些问题，然后对应需求选择自己需要的产品类型。选定大类后，再细化产品购买细节。总结看就是以需求为导向的购买，而非以产品为导向购买。

很多人陷入的误区是从产品入手而不是从需求入手，并不知道自己买的产品具体解决的问题是哪些。他们直接在产品之间做大量对比，最终买的并非自己需要的。真发生理赔时候，才发现"驴唇不对马嘴"。

当然在这个过程中，保险从业人员素质极为重要。有的消费者会比较认真查询资料做些攻略，但有的消费者的主要信息来源只有销售人员。因此选择高素质、专业化的保险从业人员，由他们做整体需求分析、产品优缺点分析、核保协助，是非常重要的。

而选择一个好的保险从业者作为自己的经纪人或者代理人，

在后续的服务协助过程中，也会有很多帮助。

我：从专业的角度，您觉得我们作为普通人应该在一生中的哪些阶段为自己配置哪些保险呢？

亓老师：一般来说，保险配置越早越好。因为保险其实就是在和风险赛跑，而风险是完全不知道什么时候就会到来的。我们只有未雨绸缪，才能在风险来临时候不至于措手不及。

整体来说，保险产品配置是一个非常个性化的事情。不光和客户年龄阶段有关系，还和家庭经济情况、身体状况、遗传情况有关，这也是为什么我会在上一个问题强调需求分析的重要。

我们简单地用思维导图来大概说明一下家庭风险保障体系需要配置的大类产品及其简要作用。

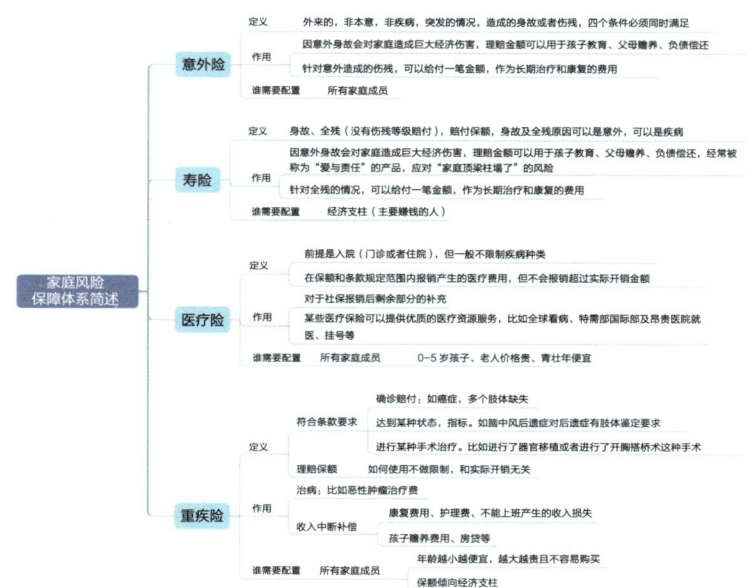

简单的框架性是：人生任何阶段都应该拥有意外险。除此之外，小孩子还可以主要再关注一下医疗险、重疾险；中年经济支柱要考虑寿险、医疗险、重疾险；老年人可以关注老年医疗保险、防癌险。

在对保障产品做全面的情况下，可以视情况补充教育金、养老金保险等，预防"老去"的风险。

为什么会说这些保障都很重要，是因为每一个大类都预防了一类风险，而风险还有交叉存在的可能，只有全面构建风险保障体制，才能全面预防不同的风险发生。

具体我们也可以详细看下图。

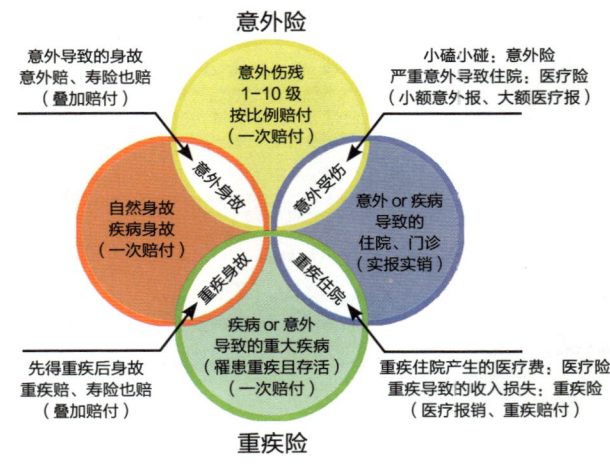

注：通过这幅图就可以明白，
为什么仅仅买了其中一个或两个险种无法覆盖所有风险，
一个险种只能涵盖一个圈内的风险，
保障的全面性就在于这四个圈环环相扣，缺一不可，
保障额度就是圈的面积，面积太小，保额太低也不足以应对风险。

我：我们在选择保险公司的时候应该注意什么呢？

亓老师：实际上，我国的金融监管体制非常完善，保险公司整体安全性是有保障的。任何渠道、任何平台购买的保险产品，只要是和保险公司签订合同，由保险公司签发，都是真实可靠的。

而选择产品条款和选择公司其实是几乎同等重要的，甚至选择条款的重要性可能还要比选择公司更重要一些。因为只有条款里有这项保险责任，才能够理赔。即便是公司品牌再响亮，条款无此保障责任，也是无法理赔的，所以可以总结为优先条款，兼顾公司。

我个人建议是，可以优先选择在自己生活的地区有分支机构的保险公司，以减少万一需要理赔可能出现的沟通不便的情况，提高沟通效率。当然由于互联网及保险公司专业化理赔的不断发展，实际上当前理赔是全国通赔。即便是购买了所在地没有分支机构的保险公司产品，也不会影响实际理赔结果。

理赔服务质量及效率可以参考一些监管机构发布的服务评级反馈作为服务品质的参考。

我：我们在购买具体产品的时候应该注意什么呢？

亓老师：首先，要明确了解产品的功能作用，了解其主要解决的是哪方面问题，深度切合自身需求，了解可能发生的风险。

其次，要关注健康告知要求，甄别自己目前身体状况是否符合购买条件。防止糊里糊涂买了之后，结果后期出现因身体状况不符合导致的拒赔。

在产品细节方面,我会建议不要只关注产品好的地方,更要关注产品不足之处。世界上永远没有完美的产品,有优点就一定会存在缺点。

对于有遗传病家族史的人,可以就遗传情况专门关注相关疾病条款的宽紧程度。

我:我们的保险投入在个人收入中应该占多大的比例呢?

亓老师:生活是第一位的,保障是一个风险的预防对冲。一般来说不建议保险支出过大,合理的比例其实有一些小争议。一般来说按照全家整体收入10%~20%的说法都有,实际上也可以在这个比例内微调。毕竟有些家庭确实收入较多,但是负债也较大,比例的轻微波动是可以的。

目前来看,基本上能做到保险支出占比总收入10%的都不是很多,所以培养人们的风险意识任重道远。

我:哪些人应该为自己投保重疾险、住院险呢?在选择重疾险的时候应该注意什么呢?

亓老师:重疾险和住院医疗险其实人人都应该拥有。只是相对而言,这两类产品对于老年人都十分不友好。老年人购买重疾价格贵、保额低、杠杆效用差,而且由于身体既往病史缘故还不一定能买得上,所以说配置要趁早。

目前客户遇到的最大问题点是分不清楚重疾险和医疗险到底区别在哪里。

重疾险是患符合条款要求的疾病给付保额，保额使用自由。

医疗险则要求住院、对产生医疗费用进行报销，实际报销金额不得超过花销金额，是补偿性质的。

有些人在达到重疾条款要求的程度之前已经产生医疗费用，如果只有重疾险则无法赔付。

有的人患有没什么特别可以医治的疾病，比如双目失明，无法产生医疗费用，但是可以用重疾理赔的金额去更好地买辅助用具继续后续的生活。

在重疾险选择上，可以优选带有高发轻症疾病、理赔比例比较高，多次赔付、针对高发疾病有二次赔付的产品。

在医疗险选择上，要关注产品续保稳定性，关注社保范围、免赔额、理赔比例等。

当然，在兼顾产品结构的同时，也要尽可能先保障保额充分，毕竟风险发生时候，保额很重要。

在了解大原则情况下，可以多关注条款，因为合同条款是重要标准。

我：如果患病后还有可能投保吗？

亓老师：患病并非不能投保，而是要看投保哪种产品，这种产品保的项目是什么，所患疾病是否和所保项目有关联性，以及疾病本身严重程度和目前疾病恢复程度。

按照一步步分析的方法，这个问题首先涉及的是健康告知的问题。

保险预防的是未来不确定风险。但是如果目前当下已经存在一些疾病,那就意味着未来已存在疾病发展恶化的概率更大。显然保险公司不愿意承担这些已经有苗头的风险,容易对既往病进行除外免责,甚至拒保。所以已经患病的人群,需要特别注意投保前的告知事宜。

而健康告知,就是保险公司在投保之前的一份关于投保人或者被保险人身体状况的问询问卷。保险公司会询问一些既往病史情况或者最近两年的体检异常、住院情况。保险公司出于成本考虑,投保过程中不会核实身体状况,以客户告知为准承保,但是会在理赔时候进行核查,如果理赔时核查到未如实告知疾病,有可能产生拒赔风险。

所以健康告知事关客户后期理赔,一定要加倍注意。

但是,也并非是得了任何疾病都会导致无法承保。一般来说,保险承保结论有几种:

1. 标准体承保。即符合产品承保规则,合同所有保障均享有。

2. 除外、加费承保。即大部分符合承保规则,但是个别疾病不予承保。比如患甲状腺结节的人群有可能除外甲状腺癌责任承保,也就是除了甲状腺癌之外责任全部承保。加费承保意思是虽然不予除外项目,但是考虑客户实际风险高于健康客户风险,故提高费率承保。

3. 延期。即目前情况不适宜承保,建议延期一段时间观察,视观察或者复查情况再次申请投保。常见的比如早产严重的早产儿基本会被延期到2岁以后；有些肝功异常超重的人群，会延期到体重降到标准内指标恢复后承保。

4.拒保。既往存在严重疾病，如心脑血管疾病、大部分恶性肿瘤、严重高血压等可能会直接不予承保。

从承保结论也可以看出来，只要不是严重疾病，大部分人群都是有机会获得保障责任的。

从保障体系的四个险种看，意外险一般无健康告知或者较为简单，寿险其次，重疾第三，医疗险最为严格。这也是由风险最终发生可能性决定的。

举个例子：比如无论客户患有什么疾病，发生意外风险是和其目前疾病关系不大的，所以意外险告知较少。

再举个例子：不是很大的子宫肌瘤不影响寿命也一般不会产生重大疾病的结果，所以寿险、重疾险对患有子宫肌瘤的患者一般不除外或者加费，但是子宫肌瘤可能会引发子宫肌瘤切除手术，所以报销住院费用为目的医疗险会将子宫肌瘤的治疗责任排除在外。

所以我们建议早投保的理由也是因为越年轻，身体一般越好，也不太会进行查体，更容易取得标准体承保概率。越是人到中年，越容易有这样那样的毛病，处于亚健康状态，越可能想买而买不上。

我：单位给我们投保与商业保险有冲突吗？

亓老师：没有冲突。

重疾险、意外险、寿险、年金险都是个人的补充，属于给付性质，可以叠加购买、多家购买，买的保额越高、理赔金额越高。

医疗险一般来说是一种补充。因为单位投保的保险一般是基础的国家医保，即便是投保商业医疗，也可能由于保额不高，保障范围有限（如自费药不予报销），造成医疗费用自行部分承担的结果。而自己单独购买的医疗保险可以对未报销完毕的金额进行补充二次报销。我们简单看一下为何医保不足以应对风险。

第五章 写给正在奋斗中的我们

有了医保
为什么还要配置商业医疗险？

不可否认，医保的存在，是有绝对优势的：
- ✓ 医保是一种国家福利，相对来说价格低，保障范围比较广；
- ✓ 医保可以带病投保；
- ✓ 医保是可以无条件续保的；

职工医保、城镇居民医保和新农合这三项，均为基本医保哦。

基本医保虽然覆盖范围特别广，但是有一利必有一弊，它的报销限制特别多。总结起来有四条：**起付线下不报，封顶线上不报，个人自费部分不报，个人自付部分不报。**

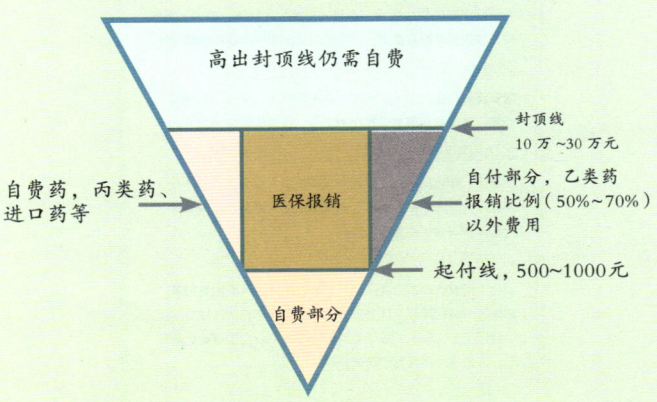

- 如图所式，医保的保障能力十分有限。
- 商业医疗险能做的恰恰是报销医保不能报销的部分，是对医保的很好补充，比如医保不能报销的自费药、特需门诊、进口药、某些治疗费等，商业医疗险都可以报销，报销比例可达100%。

我：如何给一家人进行保险规划呢？

亓老师：建议根据家庭实际情况个案各议，总结一下配置思路，基本上是保障全、保额足，优先大风险和经济支柱，因为小风险或许可以抵抗，大风险出现可能是倾家荡产，经济支柱对家庭作用更是不言而喻，所以这是一个比较大的方向性原则，简单看图就是。

购买保险的五个基本原则

1. 先规划，后产品

保险是一种转移风险的工具，不同家庭的情况，风险也不同，不知道家庭的收入情况、保费的预算投入计划、家庭人员结构、过往保险配置情况，是没办法给大家一个合适的推荐的。

2. 先保障，后理财

银保监会已重点强调，保险的本质是保障，强调的是保障、稳定。有限的预算就该花在刀刃上，应该先把保障做足。

3. 先保额，后保费

投保前，先确定保额更重要。保费支出太少会让保额不足，保障无力，保费支出太多，也会影响生活质量。足额保险应是保险规划时的重中之重。

4. 先人身，后财产

如今人们背负众多经济压力，房贷、车贷、子女教育等等。如果万一风险降临，这些压力如何化解，不仅治病花费巨大，贷款还不上，房子、车子都要被银行收了。为了有效化解风险，人身保险是需要配置的。

5. 先大人，后小孩

父母都想给孩子最好的，很多家庭的第一张保单，是孩子的保单。然而，父母才是孩子最大的保护伞，可如今的父母大多属于房奴、车奴、卡奴，家庭结构421，如果父母遭遇不幸，孩子生活保障怎么办呢？

我：可以谈谈为何会发生拒赔呢？

亓老师：很多人向我反馈，他们不买保险的理由主要有两个：这也不赔，那也不赔。其实这是个很普遍的现象，有很多人会认为保险都是骗人的，就是因为在遇到风险，想要寻求理赔的时候，发现自己被拒赔了。

其实发生拒赔主要集中在以下几个方面。

1.从业人员在销售保险流程上出现了严重误导，这也是目前最常见的问题。从业人员在讲述产品时候，避重就轻，没有全面展示保险究竟哪里可以理赔、哪里不能理赔，片面说产品都好，不说产品存在的实际问题，导致客户不清楚自己买的产品究竟能保什么，能赔什么。结果就是，原来和我说的都能赔，怎么现在不能赔付？

2.既往病史导致拒赔，也就是我们上面讨论的，已经存在的严重疾病，影响承保结论的，理赔时候查到会直接拒绝赔付，所以也再次强调健康告知的重要性。

3.所申请的理赔项目和实际合同保障项目不符或者未达到条款要求。比如：买了意外险，要去理赔疾病住院的开销，显然是不符合意外险理赔定义的，所以势必不可以赔付。

再比如：买了重疾险，保障项目包括终末期肾病（也就是尿毒症），但是理赔条款要求应先进行90天透析后理赔，结果客户直接拿着确诊单而并未进行90天透析来理赔，显然是不符合合同约定的。

这也再次印证了为何我会建议消费者购买保险之前要了解不同类型产品保障什么内容，不然只会在理赔时候造成严重困扰。

　　4.断交保费、产品到期、产品失效。长期保险大部分需要多年甚至二十年或三十年之久的缴费期，很多消费者购买保险后就忘记了正常缴费时间，等用的时候后才发现已经失效，失效保单自然无法理赔。所以定期检视保单，做好保单整理十分必要。

　　如果我们能够避免以上情况，那么也就意味着拒赔、不赔的纠纷可以避免。

第六章
插画师说

  作为一名刚入行的插画师，非常荣幸能够为时秋老师的书绘制插画。我与时秋老师的认识是通过他人的介绍。由于我之前画插画的经历较少，心里还是比较忐忑的。庆幸的是在画完一张试稿后，时秋老师就决定让我来画插画了，这让我感到非常开心。可以做自己一直想做的事，想象自己的插画在书中的样子。这让我非常期待，也非常兴奋。

  因为之前绘制书插的经历较少，在画之前我与时秋老师讨论了很多，也收到了很多时秋老师发给我的家庭照片。这些素材都成为我的灵感来源。很感谢时秋老师一直鼓励我，信任我，让我有自由发挥的空间，没有过多的束缚。这使我画得越来越顺畅。

不畏死生
——一个奶爸的抗癌笔记

在绘制插画的过程中,让我印象最深的是一张时秋老师在微信中发送给我的孩子与白鲸互动的照片。自己以前去海洋馆没有遇到这样的景象,这样的素材让我非常有表达欲。我绘制了两张海洋馆的插画,一张是一家三口在巨大的海洋馆面前,大与小的对比和冲击,能够感受到我们自身的渺小;另一张是小孩子与白鲸的互动,这张的白鲸体态并没有显得过于巨大,而是更显得活泼一些。

在绘制插画与时秋老师交流的过程中,我简单了解到一些时秋老师现在的工作,也感受到了他的乐观与向上。有一次时秋老师提议想画一张拿着诊断书失落的背影的画面。我在绘制了几个版本后,考虑良久,最后还是选出了一张在色调上有一些温暖的插画。因为我想即使是在困境中也要乐观。无论如何,人都要存有希望。只要不放弃就会有意想不到的结果。绘制这些插画对我来说是全新的尝试,回过头在看绘制的插画也涉及了不同的季节,有春日开满油菜花放风筝的场景,有夏日深夜撸串喝酒的场景,也有秋日满地掉落的银杏叶和冬日滑雪的场景。

在画插画初期我曾有过一些迷茫。绘画过程中我不断与时秋老师交流,我们一致决定画一部分色彩比较鲜艳,感觉比较正能量的插画,也希望看到这本书的读者能够通过文字与插画感受到温暖与力量。

后　记

　　终于完成了这本迟到了两年多的书。两年多的时间里我多次在写与不写之间徘徊，有时候感觉自己的经历或者经验、教训必须分享出来，告诉大家正确的、健康的理念，防止大家走上我的老路。尤其是每每看到儿子一天天长大，他每次身体的不舒服，总会引发我很大的焦虑。我希望能看着这个可爱的孩子健康长大，拥抱健康、阳光、多彩的人生。

　　生病之后，我几乎绝望。但是当我通过努力有了正确的抗癌理念后，我又一次重生，感觉自己对人生、对生活、工作，亲情、友情、爱情等都有了更为理性的认识。这一切都让我在这个世界上更加轻松也更加真实地活着，我体验到了前所未有的快乐。我不仅要给孩子讲我的故事，还想通过自己的文笔指引他寻找属于自己的幸福之路。毕竟水平有限，我的病情相对较轻，我担心自己无法写出一本让儿子、让家人、让读者、让病友、让奋斗中的年轻人都能满意的作品。你看我那容易纠结的性格又来了。最终我还是决定完成这样一个心愿，把自己的故事、一场生死考验后得来的经验、教训以及对很多问题的看法都写了出来。这也是我学会感恩，学会乐观，传递正能量的一种方式。福祸相依，从确诊这场重病到手术，到康复，到现在恢复正常的工作、生活，似乎比生病前更加快乐，更加积极，更多正能量。我真正明白了我的老师胡常龙教授常说的得失之论。在这一场重疾中，我得到了很多珍贵的东西。生死之间，我终于明白人活一世，到底什么才是我值得追求与保护的，不会再浑浑噩噩地度过每一天。我更珍惜我身边的每一份亲情，他们让我懂得家人的爱多么无私。我更珍惜我身边的每一位朋友，他们让我知道友谊之可贵。我感谢所有与我有关系的人或者事，是你们让我明白存在这个世界上的意义。当然最重要的还是我真正懂得健康之无价，名利之虚妄，只要把自己做到最好。我更加希望我的读者能更有智慧，也更有运气，能够从过来人的故事中去粗取精，能够与肿瘤君等诸位死神使者敬而远之。

　　亲爱的读者，当我开始怀着感恩的心开始第二段生命的时候，我写下此书，期盼着它能与诸位早日见面。如果你恰好在其中窥得一二人生哲理，或者从中有所收益，这便是你我的善缘。接下来我会利用好上天又还给我的时间，活得更加精彩，活得更加真实。我也祝福所有有缘相遇的朋友们，能够拥抱初心，健康、快乐，幸福地生活！

　　从患病至今已经过去两年多的时间，从死神悄悄地来过，到现在学会向死而生，是家人以及朋友们的关心、关照让我从疾病的阴影里慢慢走了出来。罹患癌症是不幸的，但回想起来我又是万幸的。因为有你们，我才能及时发现病情，才能得到及时的治疗，才能从心理上摆脱患病带来的巨大的心理负担，迎来第二次的生命。

　　借本书出版的机会，我想感谢当时为我诊断以及治疗的所有医护人员，是你们的高超医术以及高尚的医德让我有机会更明白地活着，我要感谢许多我不曾谋面的病友，你们的书籍、短文给了我疾病治疗指导以及心理康复指引。正因为你们的感同身受，我才能有今天的感悟。我要感谢家人以及好友，是你们默默的支持，才给我生的希望以及活下去的动力！

　　本书能够最终出版发行，我要特别感谢刘众丛先生。在我犹豫是否完成本书的时候，刘先生通过自己的努力，一方面打消了我的种种顾虑，另一方面又常常与我沟通交流，鼓励我完成本书的创作。本书的成稿要感谢你们辛勤的付出。谢谢！

时秋
2020年春于济南